译文经典

忏悔录

Исповедь

Лев Толстой

〔俄〕托尔斯泰 著

邓蜀平 译

上海译文出版社

托尔斯泰的《忏悔录》：
神学、文学和哲学的复合体

忏悔原为一种宗教行为，是信徒本人对违反教义、有悖信仰的思想或行为的一种坦承和反思。自奥古斯丁起，忏悔成为一种书面体裁，奥古斯丁在其《忏悔录》(394—400) 中追溯自己走向基督教信仰的过程，他以神为倾诉对象，给出一部焕发着虔敬和智慧之光的属灵自传。18 世纪，卢梭写出他的《忏悔录》(1766—1769)，这部经典与其说是卢梭的"忏悔"，不如说是他的"呐喊"，卢梭通过对自己成长经历的描述，展示了独立个性艰难的发展史，卢梭赋予"忏悔录"这一形式以文学自传的属性。1870 年代末至 1880 年代初，托尔斯泰又写成这部《忏悔录》(1879—1882)。这三部分别成书于古典时期、18 世纪和 19 世纪的《忏悔录》，是世界文学史上最著名的三部忏悔录，构成独特的"忏悔录三部曲"。从宗教行为意义上的"忏悔"到文学体裁意义上的"忏悔录"，奥古斯丁、卢梭和托尔斯泰相互接力，完成了一次漫长的三级跳，而在汉译中，我们仅在"忏悔"（confession/исповедь）一词之后添加一个"录"字，便轻而易举地传达了他们这三部著作逐渐获得的体裁属性。值得注意的是，这三位作家均在50岁左右开始写作自己的《忏悔录》，这个年纪大约就是但丁所谓"人生的中途"。不过，这三部由三位大作家在同样年纪上写作的同题之作，在内容和风格上却有所不同，如果说，奥古斯丁的《忏悔录》记录了一位基督徒走向信仰的求索过程，主要是一部神学和哲学著作，卢梭的《忏悔录》展示了一位现代人复杂的个性成长史，主要是一部文学自传，那么，托尔斯泰的《忏悔录》则更多地是探索人类生活的意义和人的信仰问题，主要是一部思想著作，更确切地说，是一部用神学体裁和文学笔法完成的思想著作。

在托尔斯泰的各种传记中，一般都会写到他一生中的几次精神危机，或曰思想转折。1860 年，托尔斯泰的哥哥尼古拉因病去世，托尔斯泰首次目睹至亲的人的死亡，情感上受到巨大震撼。托尔斯泰是孤儿，母亲和父亲分别在他两岁和九岁时去世，但托尔斯泰当时年岁尚幼，似乎并未感受到像哥哥的死亡所引发的这种精神刺激。他由此开始了两个"转向"，即转向道德诉求和转向家庭生活。他在 1862 年迎娶索菲娅，并开始了长篇小说《战争与和平》的写作。1869 年秋，已完成《战争与和平》的写作并赢得世界性声誉的托尔斯泰，却在旅行途中于阿尔扎马斯城的一家旅店里突然感觉到死神的迫近，即所谓"阿尔扎马斯恐惧"（арзамасский ужас），后来，他借助《安娜·卡列尼娜》等小说的创作逐渐克服了这种恐惧。然而，1870 年代末，在小说《安娜·卡列尼娜》给他带来更大荣誉、使他几乎攀上世界文学峰顶之际，他却再次遭遇精神危机，他的这部《忏悔录》就是他这第三次精神危机的产物。这三次精神危机导致了托尔斯泰的三次思想转变，也造就了三部不朽的杰作，它们构成托尔斯泰精神发展史上的三座路标。当然，我们还可以把托尔斯泰 1910 年 11

月 7 日的离家出走当成他一生中的第四次精神危机，这最后一次精神危机的结果就是他的死亡。

1879 年，被信仰、道德和社会公正等问题所折磨的托尔斯泰前后造访基辅洞穴修道院和莫斯科谢尔吉圣三一修道院，思想上深受触动，于是开始写作这部《忏悔录》。这部篇幅不大的作品，其写作却历时三年，最终于 1882 年完稿。这部作品原计划刊于《俄国思想》杂志 1882 年第 5 期，连清样都已排好，却突然遭到俄国教会书刊审查机构的阻止，未能面世。1884 年，此书在日内瓦出版，之后不久，其手抄本便在俄国各地广为流传，直到 1906 年，此书方得以在俄国正式出版。托尔斯泰的《忏悔录》有一个副标题，即《一部未发表的作品的序篇》（*Вступление к ненапечатанному сочинению*），这表明托尔斯泰原本还有一个更雄心勃勃的写作计划，但是，尽管托尔斯泰那部"未发表的作品"最终未能写就，但这个"序篇"本身却已构成一部完整的作品。

与奥古斯丁和卢梭的《忏悔录》相比，托尔斯泰的《忏悔录》篇幅要小得多，但它却同样是托尔斯泰完整的精神自传，是他毕生思想的总结。这部《忏悔录》由 16 个章节组成，根据其内容大致可划分为这样几个板块：

一是对逝去岁月的回顾和总结（第 1—3 章）。托尔斯泰回忆道，他出生时即受洗，儿时一直信教，11 岁时却听人说"不存在上帝"，18 岁发现自己从未有过真正的信仰，"我脱离了宗教"，"不再相信从童年时代起所教给我的一切，但我有某种信仰。至于我信仰什么？我却怎么也说不出来。我也相信上帝，或者不如说，我不否定上帝，至于是怎样的上帝，我就说不上来了"。他开始信仰道德完善，但这种道德完善也逐渐变味，只不过是希望"变得比别人更强——更有名望、更重要、更富有"。想到自己青年时代的所作所为，托尔斯泰羞愧不已："回想起那些年，我不能不感到可怕、厌恶和痛心。我在战场上杀人，为了杀死对方而挑起决斗，耍钱打牌，吞食农民的劳动，残酷惩罚他们，淫乱，欺骗。说谎、盗窃、各种各样的通奸、酗酒、施暴、杀人……没有哪一种罪行是我没有干过的。我却因为这一切受到称赞，我的同龄人过去和现在都认为我是一个比较有道德的人。"后来，他开始写作，却同样是出于功名心。作家的职业要求他去教别人，可他却不知该教给别人什么，而且他还发现，作家圈的人大多是没有道德的坏人，对艺术的信仰是骗局，文坛等于疯人院。哥哥尼古拉的死，使他对生命的意义产生迷惑；在西方接触到的"进步"概念，也无法使他获得答案；他在乡下创建学校，做调解人，办杂志，不久却感到厌恶；他建立家庭，把生活的意义看成"是要使我和我的家庭生活得尽可能好"；他不懈地写作，一直写到近五十岁。与此同时，他却时常感到茫然、慌乱，甚至绝望，因为他始终未能解决生活的意义和存在的目的这一根本问题。

接下来的第二部分便是对生命意义的追问（第4—7章）。年近五十的托尔斯泰似乎在一切方面都很"幸福"：家庭，事业，财富，健康，名声。可是他却觉得有某个人和他开了一个恶毒的玩笑：让他登上生命的顶峰，却发现生命中什么也没有，过去没有，将来也没有，只有醉生梦死才能活下去，一旦清醒过来，就会觉得一切都是欺骗。于是，自杀的欲望便时刻纠缠着他："于是我，一个幸福的人，每晚脱衣服时，就要把腰带拿到外面去——每晚我的房间里都只有我独自一人——以免在立柜间搭的横梁上吊死；我也不再带着猎枪去打猎，以免经不起诱惑而用轻而易举的方法摆脱生。我自己也不知道我想要什么，我害怕生，竭力摆脱它，同时又对它还抱有某种希望。"托尔斯泰《忏悔录》这一部分的核心，是他引用的这样一则东方寓言：一位行路人遭遇猛兽，只好躲入一口枯井，井底有恶龙（即死亡），他抓住井壁上的一根灌木（即生命），悬在半空，一白一黑两只老鼠（即昼夜）不停地啃噬他手抓的那根灌木，他知道自己必死无疑，可与此同时，他发现灌木的叶片上有几滴蜜（即生的欢乐），便伸出舌头去舔。托尔斯泰写道："这不是寓言，而是生活的真相。"可是，托尔斯泰感觉到，那生命灌木上的两滴蜜，即对家庭的爱和对艺术的爱，如今也不再让他感到甜蜜了。他转而诉诸科学和知识，在知识的密林里却同样找不到出路。他在生活中环顾四周，发现了人们摆脱困境的"四条出路"：1. 视而不见，即无知；2. 及时行乐，即享受；3. 自我了断，即自杀；4. 苟且偷生，即软弱。可这四种"解脱方式"托尔斯泰都做不到，他因此悲叹："莫非就我一个人和叔本华这么聪明，竟明白了生是恶并毫无意义？"

第三部分是对理性和信仰的思考（第8—12章）。人类为何存在、如何生存是一个需要用理性来思考的问题，但要理解生的意义就必须摈弃理性，然而却正是理性需要知道这个意义。矛盾出现了，解释不外乎两条：要么是理性并不合理；要么是不合理的东西也未必不合理。除了唯一的知识即理性知识外，还存在着另一种不合乎理性的知识，即宗教，"宗教的一切回答都是赋予人的有限存在以无限的意义"。正是在劳动人民的信仰中，托尔斯泰发现了真正的宗教情感，普通人从不抱怨生活，包括生活中的苦难，他们心平气和，忍受一切，"劳动者平静地、更常见的是怀着愉快的心情生活、受苦和走向死亡"。他们知道生和死的意义，认为一切不是虚空，而都是善。"我认为，创造生活的劳动人民的行动才是唯一真正的事业，这样的生活所具有的意义乃是真理，所以我接受了它。"有两种宗教，有两种生活：刽子手、醉鬼和疯子眼中的生活就是恶，但劳苦大众眼中的生活则是善。托尔斯泰最终意识到："彼岸——即是上帝，航向——就是老传统，桨——这是赋予我的划向彼岸——与上帝结合——的自由。就这样，生的力量在我身上复活了，我又重新开始生活。"

第四部分是对东正教会的抨击（第13—16章）。托尔斯泰认为，任何宗教的实质在于它能赋予生命以一种不会随死亡而消失的意义，因此，他相信"彼此相爱"，却不信"圣父、圣子和圣灵"的空虚设置；他厌烦教会人士的虚伪和各种形式化的宗教仪式，但在听一位农民朝圣者谈论上帝和信仰时，宗教的意义却呈现在他面前；他质疑东正教会，因为东正教会面对其他教会和教派所持的态度："可是出现了一些必须加以解决的紧迫问题，而教会对这些问题的解决办法却与支撑着我生活的信仰原理本身直接对立，这就迫使我彻底放弃与东正教往来的可能。""过去令我感到厌恶的一切，现在却生动地呈现在我面前。尽管我看到了，与那些宗教代表人物比起来，在全体人民中较少那种令我厌恶的谎言杂质——可是我仍然看到，在人民的信仰中真理也掺杂有谎言。"

托尔斯泰的《忏悔录》最后以"一场梦"作为结束，这是托尔斯泰在《忏悔录》完稿三年之后所做的补笔。他写道："描述这个梦就可以将我上面所作的冗长叙述全部包容无遗，并使之鲜明而清晰。"他梦见他仰面躺着，突然开始思考他从未思考的问题：我是怎么躺着的，我躺在哪里？结果他发现他躺在一张吊床上，为了躺得更舒服，他倒换两腿，却发现两脚悬空了，再往下看，见自己身处无法想象的高处，下面是无底的深渊，"下面的无限令我厌恶和恐惧，上面的无限吸引我并使我坚定起来。我依然靠最后几根还没有滑脱的带子悬挂在深渊之上。"最后他发现，他仅仅躺在一根带子上，却保持着平衡，毫无疑问不会掉下去。"仿佛有谁在对我说：你可千万要记住啊。这时我就醒了。"托尔斯泰的这"一场梦"余音绕梁，像是一个不是结尾的结尾，它赋予《忏悔录》一种开放性结构，同时也表明，托尔斯泰未能在《忏悔录》中完成他的思考。

在托尔斯泰的整个创作过程中，《忏悔录》是一部承上启下的重要作品。托尔斯泰创作伊始，即以其深刻的内省性和思想性见长，在自传三部曲《童年》《少年》《青年》中，在同样具有自传色彩的《一个地主的早晨》中，主人公紧张的心理活动和思想过程就得到了细腻、精确的展示。早在1856年，车尔尼雪夫斯基就独具慧眼地归纳出了托尔斯泰早期创作所体现出的两大特征，即"心灵辩证法"(диалектика души)和"道德情感的纯洁"(чистота нравственного чувства)，从此，对人物内心生活复杂性的深究和再现，对人的崇高道德感的发掘和颂扬，就成了托尔斯泰所有作品的不变主题。在托尔斯泰成熟时期的作品中，"道德忏悔""精神内省"更是成了主人公们的"标配"，《战争与和平》中的安德烈和彼埃尔，《安娜·卡列尼娜》中的列文，都有其高度紧张的精神发展史，都在小说中撰写了一部他们自己的"忏悔录"。在《忏悔录》之前的最后一部作品《安娜·卡列尼娜》中，在其中最具自传色彩的人物列文身上，我们似乎能看到《忏悔录》的前奏。列文旨在实现社会公平的庄园改革尝试，列文把幸福的家庭生活当成理想生活的前提，列文目睹哥哥去世时对生活意义发出的追问，列文因为感觉不到生的意义而产生的自杀冲动，如此等等，都在《忏悔录》中得到了进一步表达。在《安娜·卡列尼娜》的结尾，列文走出客厅，避开众人，来到露台上，独自仰望天空，突然思考起上帝和信仰、知识和理性、善与爱等"永恒问题"，他最终发出这样的感慨：

这种新的感觉没有使我改变，没有使我幸福，没有我所幻想的那样突然间使我恍然大悟——它也和我对儿子的感情一样。什么惊喜也没有。而信仰——或者不是信仰——我不知道是什么，但这种感觉不知不觉地经历了痛苦后出现在我身上，并牢牢地盘踞在我心里了。

我照样还对马车夫伊万生气，照样将进行争论，还是会不合时宜地说出自己的想法，我的心灵与其他一些人的，甚至与妻子的心灵最圣洁的东西之间的那堵墙将依然存在，照样为自己的担心责怪她而又为此感到后悔，照样不会凭理智明白自己为什么祈祷，并还将祈祷——然而我现在的生活，我的全部生活，不管我将遇到任何事情，它的每分每秒——不但不像以前那样毫无意义，而且具有一种不容置疑的善的意义，我有权把它贡献出来，在生活中加以实施。（托尔斯泰：《安娜·卡列尼娜》，靳戈译，上海译文出版社2021年版，第880—881页）

我们不难感觉到，《忏悔录》似乎就是接着《安娜·卡列尼娜》的线索、顺着列文的思路写出来的，托尔斯泰只不过是在《忏悔录》中换了一个人称、换了一种笔法，继续他在《安娜·卡列尼娜》以及包括《战争与和平》在内的他之前所有作品中业已展开的思想探索。

然而，在《忏悔录》之后，托尔斯泰的创作风格却产生某种突转，《忏悔录》就像一道高高的分水岭，把托尔斯泰之前的创作和他的后期创作分隔为两大板块。《忏悔录》中所提出的这些基本问题，如生活的意义、生命的目的、道德的价值、信仰的实质、社会的公正、教会的作用等，都成了托尔斯泰后期创作所诉诸的主题，它们深刻地渗透进了托尔斯泰后期各种体裁的作品，无论是政论还是小说，无论是剧作还是寓言。托尔斯泰后期创作中最重要的作品《复活》，究其实质，也就是主人公聂赫留朵夫的一部"忏悔录"。托尔斯泰在《忏悔录》之后写作的所有作品，都或多或少地带有《忏悔录》的烙印，无论是对社会不公的抨击，还是对善良人性和民间生活真理的呼唤，无论是对自我道德完善的憧憬，还是对生活意义的终极拷问，均可在《忏悔录》中觅得端倪。就这一意义而言，《忏悔录》可以用作解读托尔斯泰后期所有作品的一把钥匙。

《忏悔录》对托尔斯泰后期创作的深刻影响还体现在文风上。在《忏悔录》之后，除《复活》之外，我们就很少看到托尔斯泰的大部头著作了（作为长篇小说，《复活》的篇幅也比《战争与和平》和《安娜·卡列尼娜》要小得多），而且，他的各类体裁作品都开始体现出越来越强的政论性和道德感，文字上也越来越简洁有力，托尔斯泰开始有意识地舍弃那些被他在《什么是艺术》一文中贬为"多余的细节"的现实主义描写，开始追求更具普遍性、抽象性和教谕性的寓言体风格。屠格涅夫认为托尔斯泰《忏悔录》的出众之处，就在于其中所蕴含的"真诚、真实和信念的力量"

(искренность, правдивость и сила убеждения),而这些特征也可以用来概括托尔斯泰晚年的所有创作。

《忏悔录》是"托尔斯泰主义"(толстовство) 的纲领。《忏悔录》其实并非专为宣扬"托尔斯泰主义"而作，但这部作品所提出、所思考的问题，客观上却为后来定型的"托尔斯泰主义"奠定了基础。《忏悔录》写成后，如我们前面所言，并未立即在俄国境内得到公开传播，托尔斯泰自己恐怕也没把这部作品当作某种宣言性的东西。直到《忏悔录》完稿数年之后，随着托尔斯泰社会威望的不断提升，国际影响的不断增大，他对俄国社会生活的介入不断加深，越来越多的人开始意识到他的思想的博大精深，再加上他身边的切尔特科夫、比留科夫等"托尔斯泰主义者"的不断宣传和推广，"托尔斯泰主义"才最终形成。托尔斯泰主义者们创办了专门的出版社"中介"(Посредник)，印制托尔斯泰的各种政论小册子和宗教主题的文学作品；成千上万的信众络绎不绝地造访托尔斯泰的庄园亚斯纳亚·波利亚纳，就像是朝觐圣地；托尔斯泰出面抨击官方教会，出资帮助遭受打压的分裂教派。所有这些"反教会"行为，终于促使俄国东正教会在1897年宣布"托尔斯泰主义"为异端学说，在1901年更是革除了托尔斯泰的教籍。所谓"托尔斯泰主义"，其主要内容就是"不以暴力抗恶"（непротивление злу насилием）、"宽恕一切"（всепрощение）、"博爱"（всеобщая любовь）、"个人的道德自我完善"（нравственное самоусовершенствование личности）和"简朴的生活方式"（опрощение）。不难看出，"托尔斯泰主义"是一种神学意义上的混成主义，是不同信仰、不同宗教学说和道德哲学、伦理社会学等因素的合成。不过，所有这些思想观点我们均可在《忏悔录》中发现，《忏悔录》因此也成了托尔斯泰晚年道德诉求、生活哲学和宗教信仰的集中表达。

俄国文学史家米尔斯基对托尔斯泰的《忏悔录》推崇备至，他在其《俄国文学史》称《忏悔录》为"人类灵魂在面对生与死的永恒秘密时所做出的最伟大、最恒久表达之一"，

"是俄国文学中最伟大的雄辩杰作"，《忏悔录》高于他（指托尔斯泰。——引者按）的其他所有作品，这是一部世界性杰作，如我已冒险声称的那样，它与《约伯记》《传道书》和圣奥古斯丁的《忏悔录》处于同一级别"。他还这样具体地界定《忏悔录》的体裁属性、艺术特色以及由《忏悔录》所引发的托尔斯泰的创作转向：

　　就某种意义而言，《忏悔录》可毫不夸张地被称为其最伟大的艺术作品。它并非事不关己、自给自足的"生活再现"，一如《战争与和平》或《安娜·卡列尼娜》；它是"功利之作""宣传之作"，就此意义而言更非"纯艺术"。然而，它却含有那两部伟大长篇小说均不具备的一些"美学"品质。它是**构筑而成的**，且结构技艺高超而又精准。它具有一种雄辩的律动，很难想象这种律动会出自《战争与和平》的作者之手。它更为综合概括，不再依赖其长篇小说中无处不在的现实主义细节之效果。其分析简洁、深刻而又大胆，这里没有任何"心理窥视"(列昂季耶夫语)，这种"心理窥视"曾令其早期作品的许多读者望而却步。将《战争与和平》和《安娜·卡列尼娜》与荷马史诗相提并论，有些牵强。《忏悔录》却更有理由与同样伟大的"世界之书"《传道书》和《约伯记》并论。因此，认为托尔斯泰于 1880 年左右发生的转变是其文学意义上的失败，这一观点纯属谬见。他始终不仅是首屈一指的作家，而且也是首屈一指的俄国文字大师。甚至连他最为枯燥教条的政论，亦属文学杰作和俄语范本。然而事实终归是事实，托尔斯泰自此时起便不再是一位"作家"，亦即不再是一个志在写出文学佳作的人，而成为一位布道者。如今，他所有文字只有一个目的，即阐释和完善其学说。(米尔斯基：《俄国文学史》，刘文飞译，商务印书馆 2020 年版，第 403—404 页)

在托尔斯泰《忏悔录》的手稿上，原本并未标有《忏悔录》(*Исповедь*)之标题，这或许说明，托尔斯泰在写作这部作品时并无"对标"圣奥古斯丁或卢梭同题作品的动机。写作这部作品时，托尔斯泰在给他最好的朋友之一斯特拉霍夫的信中写道："我很忙，我因这部作品激动不已。这部作品不是一部文学作品，也没打算发表。"托尔斯泰认为《忏悔录》不是文学作品（работа не художественная），而米尔斯基则坚称："这是一部艺术作品"。就对信仰问题的深刻探究而言，托尔斯泰的《忏悔录》是一部神学著作；就对生活目的和存在意义的不懈追问而言，这是一部哲学著作；就对个人生活史和精神史的艺术再现而言，这又的确是一部文学作品，与托尔斯泰之前、之后的所有小说在主题和风格上均如出一辙。托尔斯泰的《忏悔录》是一部融神学、哲学和文学的因素为一体的杰作，是一部超题材、超体裁的作品。

托尔斯泰的《忏悔录》不仅是他的忏悔录，也是他的质疑录和思辨录，是他思想的结晶，甚至就是他的思考之过程。托尔斯泰的《忏悔录》是没有答案的答案，不是答案的答案，它在说明，思考的过程本身可能就是答案，思考本身就是人的存在的最好证明，即帕斯卡尔所谓"人是一根能思想的苇草"（Man is a reed that thinks）。

托尔斯泰的《忏悔录》是他内心最隐秘情感和思想的最真诚流露和表述，虽然他的忏悔所面对的不是一位神父，而是我们这些读者，我们却依然会有一旁偷听的惶恐和偶获私授的愉悦。阅读《忏悔录》的方式和姿态，可能应该有像帕斯捷尔纳克在《天放晴时》一诗中描写他在面对宇宙、世界和自然的"合唱曲"之"遥远的回响"时所带有的那份感动，即"置身于隐秘的颤抖，/噙着幸福的泪滴"。

刘文飞

2022 年 8 月 20 日

于京西近山居

忏悔录

（一部未发表的作品的序篇）

一

我受的是东正基督教的洗礼和教育。从童年时代起，并在我整个少年时代和青年时代，我都一直接受这种教育。可是在我十八岁离开大学二年级的时候，我已经一点也不相信教给我的一切了。

根据一些回忆来看，我从来就没有认真信仰过，只不过我对教给我的东西和对大人们当着我的面所作的表白深信不疑罢了，但是这种信赖是很不稳固的。

我记得，在我十一岁的时候，有一个名叫 M. 沃洛坚卡的男孩子——他早已去世——那时他在上中学，礼拜天来到我们家，把在学校里的一个发现当作一条最新新闻告诉我们。这个发现就是：不存在上帝，教给我们的一切全系杜撰（这事发生在一八三八年）。我记得，哥哥们对这个新闻是多么感兴趣，把我也叫去参加议论。我记得，我们所有人都很兴奋，认为这个消息是件很有趣而且很有可能的事。

我还记得，我哥哥德米特里在上大学时突然以他生性固有的热情迷上了宗教。他开始参加所有的礼拜，持斋，过纯洁而有道德的生活，于是我们大家，甚至长辈们，都不停地拿他取笑，并不知为什么奉送他一个绰号：挪亚①。我记得，喀山大学当时的督学穆辛-普希金常邀我们去他家跳舞，他以嘲弄的态度劝我那拒绝跳舞的哥哥说，大卫还在约柜前跳舞呢②。当时我赞同长辈们开的这些玩笑，并由此得出结论：教义问答应当学，教堂也应当去，但是对这一切过分认真则没

---

① 《圣经》中人物。见《圣经·旧约·创世记》第六至八章关于上帝降洪水于世和挪亚方舟的故事。
② 见《圣经·旧约·历代志上》第十三章第六至八节、第十五章第二十五至二十九节。据《圣经》记载，约柜是装饰华丽的镶金木柜，用以保存书写有上帝与摩西所立之约（即十诫）的两块石板。

有必要。我还记得，我在很年轻时就读伏尔泰的著作，他的那些嘲讽之辞不仅没有使我气愤，反而使我很开心。

我脱离了宗教，受过我们这种教育的人过去和现在都经常发生这样的情况。我觉得，这件事发生的情形大多是这样的：这些人跟大家一样地生活着，而大家生活所依据的原则不仅与教义毫无相同之处，而且大部分与之背道而驰；教义不参与生活，在与别人的交往中永远用不着它，在个人生活中也永远不必照其行事；这种教义是在远离生活并独立于生活的某个地方被信奉着。即使谁接触到教义，也是把它仅仅视作一种外在的、与生活无关的现象。

那时同现在一样，根据一个人的生活和他所做的事情绝不可能知道他是不是教徒。即使在公开信奉东正教的人与不信奉东正教的人之间存在差别，那么情况也并不有利于前者。那时同现在一样，公开颂扬和信奉东正教者，大部分是些愚笨、残忍、没有道德却又妄自尊大的人。而聪明、正直、坦诚、善良、有道德，这些品质则多数是在承认自己不信教的人身上看到。

小学里教学生教义问答，要学生上教堂；官吏们则被要求出具领圣餐的证明。然而我们圈子中的人，既不再上学，也不担任公职，现在（古时这种人更多）可以活上几十年而一次也没有想到过，自己是生活在基督徒当中，并且自己也信奉东正基督教。

所以，过去同现在一样，出于信赖而接受的并得到外部压力支持的教义，在与之相悖的知识和生活经验的影响下，便渐渐消融。然而一个人常常是生活了很长时间并一直以为自幼接受的教义仍然完整地保存在他心中，其实它早已荡然无存。

C是一个聪明而诚实的人，他向我讲述了他是怎么停止信教的。那时他大约已有二十六岁，有一次在打猎过夜的地方他按照自幼养成的习惯晚上开始做祷告。跟他一块儿去打猎的哥哥躺在干草上瞧着他。待C做完祷告，躺下睡觉的时候，他哥哥对他说："你还一直在做这一套?"当时他们彼此就没有再说什么。而从那一天起C就停止做祷告和上教堂了。至今他已三十年不做祷告，不领圣餐，不上教堂。倒不是因为他知道并接受了他哥哥的信念，也不是因为他在心中暗自作出了什么决定，只是因为他哥哥说的这句话如同用手指推了一下因承受不住自身重量而即将倒塌的一堵墙；这句话指出了他以为他心中信仰所在的那块地方早已空空如也，从而他念的祷词、做祷告时画十字和躬身叩首实质上都是毫无意义的行为。既已意识到这些行为毫无意义，他便不能再继续做了。

我觉得，过去和现在大多数人的情况都是这样的。我说的是具有我们这种教养的人，是对自己诚实的人，而不是那些把信仰本身当作一种手段，以达到某种暂时目的的人（这种人才是最地道的不信教的人，因为信教对他们来说是达到某些世俗目的的手段，那么这肯定已不是信教了）。具有我们这种教养的这些人处于这样一种状况，知识之光和生活之光已把那座虚构的大厦融化殆尽，对此，他们或是已经察觉并把那块地方腾了出来，或是尚未察觉。

同别人一样，从童年时代起教给我的教义在我心中消失了，区别只有一点：由于我很早就读得很多，想得很多，所以我摒弃教义很早就是自觉的。我从十六岁起就停止做祷告并自动不再上教堂和持斋。我不再相信从童年时代起所教给我的一切，但我有某种信仰。至于我信仰什么，我却怎么也说不出来。我也相信上帝，或者不如说，我不否定上帝，至于是怎样的上帝，我就说不上来了。我也不否定基督和他的教义，但他的教义是什么，我也说不上来。

现在回想起那段时间，我看得很清楚，我那时的信仰（即除动物本能之外推动我生活的东西），我唯一真正的信仰，就是信仰完善。但完善的内容是什么，其目的又是什么，我就说不上来了。我努力在智力上完善自己——凡是我能学到的和生活促使我去学的一切，我都学；我努力完善我的意志——给自己订立规则并努力遵守；我在体格上完善自己，通过各种体育锻炼来增强自己的体力和灵活性，并让自己备尝各种艰苦以培养自己的承受力和耐力。我认为这一切都是完善。不消说，这一切都始自道德完善，但很快它就被全面的完善所取代，即不是希望在自己面前或上帝面前变得更好，而是希望在别人面前变得更好。而这种要在别人面前变得更好的愿望很快又被要比别人更强——即更有名望、更重要、更富有——的愿望所取代。

二

　　将来某个时候我要讲述我的一段经历——我青年时代这十年的生活既感人又富有教益。我想，很多很多人都有同样的体会。我全心全意地渴望成为一个好人，但是我年轻，我有种种欲念，而在我寻求美好的东西的时候，却是独自一人，匹马单枪。每次当我试图吐露我最隐秘的愿望，即我想成为一个品德优秀的人的时候，我就会遇到轻蔑和嘲笑；而只要我沉湎于卑劣的欲念，我就受到称赞和鼓励。虚荣心、权欲、利欲、情欲、骄傲、愤怒、报复——所有这一切都受到尊重。我沉湎于这些欲念之中，就逐渐变得像个大人，感觉到别人对我很满意。同我生活在一起的我那位姑妈，是个最最纯洁的人，她总是对我说，对于我，她的最大心愿便是我能同有夫之妇发生关系："没有什么比同一个上流社会的妇人发生关系更能造就一个年轻人了。"[①] 她还希望我能得到另一个幸福——当上副官，最好是皇帝身边的副官；她希望我获得的最大幸福是——娶一

---

　　① 此句原文为法文。

个很富有的姑娘，从而使我得到尽量多的农奴。

回想起那些年，我不能不感到可怕、厌恶和痛心。我在战场上杀人，为了杀死对方而挑起决斗，耍钱打牌，吞食农民的劳动，残酷地惩罚他们，淫乱，欺骗。说谎、盗窃、各种各样的通奸、酗酒、施暴、杀人……没有哪一种罪行是我没有干过的。我却因为这一切受到称赞，我的同龄人过去和现在都认为我是一个比较有道德的人。

我就这样生活了十年。

就在那个时候我出于虚荣心、利欲和自负开始写作。我在自己写作中的所作所为跟我在生活中是一样的。为了获得作为我写作目的的名望和金钱，就得把好的东西隐藏起来，把坏的东西说出来。我正是这么做的。有许多次，我设法在自己作品中用冷漠甚至略微嘲讽的笔调将那成为我生活意义的对善的追求掩盖起来。结果每次我都达到了目的：我受到称赞。

二十六岁那年，我在战争[①]结束后去到彼得堡，并开始

---

① 指于1855年10月结束的克里米亚战争。托尔斯泰于该年11月到彼得堡。

同作家们结交。我被当作自己人受到接待，受到奉承。很快我就接受了我交往的那些人所持的作家层的生活观点，把以前为使自己变得更好所作的一切尝试都忘得一干二净。这些观点还为我的放荡生活提供了辩护的理论。

这些人，即我写作上的同行们的生活观点是：生活总是在发展的，发展的主要参与者是我们这些有思想的人，而在这些人当中发挥主要影响的则是我们——艺术家和诗人。我们的使命就是教育人。为了不向自己提出那个自然的问题——我知道什么和我教什么——这套理论早就阐明：根本没有必要知道这个，因为艺术家和诗人是在不知不觉之中教育人的。我被认为是一位非凡的艺术家和诗人，所以掌握这套理论对我来说是很自然的事。我是艺术家，诗人；我写作，教育人，而自己却不知道教的什么。然而为此人们付给我钱，我有佳肴美馔、豪华住宅、漂亮女人，跻身上流社会，享有名望，可见我教给别人的乃是很好的东西。

相信诗歌的作用和生活的发展就是一种信仰，我是其献身者之一。作为这种信仰的献身者是件很有利和很愉快的事。

我相当长时间生活在这一信仰之中，毫不怀疑其正确性。但是这样生活到第二年，特别是第三年，我就开始对这一信仰是否无可非议产生了怀疑，于是便开始研究它。使我产生怀疑的第一个原因是：我开始发现这一信仰的献身者们并不是所有人都意见一致。一些人说：我们是最优秀和最有益的导师，我们教的是有用的东西，而别的人教得不对。另一些人则说：不，我们才是真正的导师，而你们教得不对。于是他们辩论，争吵，相互谩骂，尔虞我诈，相互作弄。此外，在这两派之间还有许多人并不关心谁对谁错，而只是利用我们这种工作来达到其利己的目的。这一切使得我对我们信仰的正确性产生了怀疑。

再者，既然我怀疑作家的信仰本身是否正确，我便开始更加注意观察其献身者们，结果得出了确信无疑的看法：这一信仰的几乎所有献身者，即作家们，都是没有道德的人，而且大多数是坏人，性格卑鄙的人——远远不如我以前过放荡生活和在军队时所遇到的那些人——但是他们却自以为是，对自己十分满意，他们要么真是完美无缺的圣人，要么就是根本不知圣洁为何物的人。我厌恶这些人，我也厌恶我自己。我明白了，这一信仰乃是欺骗。

然而奇怪的是，尽管我很快便明白了这一信仰的全部虚伪性并摈弃了它，我却不摈弃这些人封我的头衔——艺术家，诗人，导师。我天真地以为自己是诗人，艺术家，我能教育一切人，虽然自己不知道在教什么。我就是这样做的。

同这些人接近使我得了一个新毛病——发展到病态的骄傲和丧失理智的自负，认为我的使命就是教育人，虽然自己不知道教的是什么。

现在回想起那个时候，回想起我那时的情绪和那些人（这样的人现在也有成千上万）的情绪，我就感到既可怜、可怕，又可笑——这正是在疯人院里才会有的那种感受。

那时我们大家都深信，我们必须一个劲儿地说呀，写呀，出版呀——并要尽量快，尽量多，这一切都是人类幸福所需要的。我们数千人一面相互否定和叱骂，一面都在出版、写作和教育别人。我们没有发觉自己一无所知，连生活中最简单的问题——什么是好，什么是坏，我们也不知道该怎回答。我们彼此不听对方说话，大家抢着一起说，有时相互姑息，相互吹捧，以便我也能得到姑息和吹捧，有时又气急败坏，相互大喊大叫，同疯人院里一模一样。

成千上万的工人日以继夜拼命工作，排字、印刷千百万词的书报，然后邮局将它们送往全俄各地，而我们还在越来越多地教呀，教呀，教呀，可是无论如何也来不及把一切都教给别人，大家还都为别人没有好好聆听我们而感到气愤。

这实在太奇怪了，不过如今我明白了。我们真正的、内心深处的考虑是我们想获得尽量多的金钱和赞扬。为达到这个目的，我们什么也不会做，只会写书和给报纸写文章。我们也就干这个。我们干的是毫无用处的事情却又要让自己确信，我们是非常重要的人物，为此，我们还需要有一种论点来为我们的工作辩护。于是我们就想出了这样的论点：一切存在的都是合理的，一切存在的都在发展。而一切发展都依靠教育。教育又是以书报传播的情况来衡量的。别人付给我们金钱，尊敬我们，乃是因为我们写书、为报纸写文章，所以我们是最有益和最好的人。如果我们大家意见一致，这种论调倒是非常之好的。然而每一个想法，只要某个人一提出来，永远会有另一个人针对它提出另一个截然相反的想法，这本来应当使我们醒悟过来，可是我们对此却视而不见。别人付给我们钱，我们还受到我们这伙人的赞扬——因此我们，我们每一个人，都认为自己正确。

现在我清楚了，这与疯人院毫无区别；那时我只是模模糊糊意识到这一点，即便如此，我也像所有的疯子那样，把别人都称作疯子，唯独自己除外。

三

我在这种疯狂状态中又生活了六年，直到我结婚。在那期间我去到国外。在欧洲的生活，以及同一些先进的有学问的欧洲人士的接触，更加坚定了我对作为我生活支柱的全面完善的信仰，因为我在他们那里也发现了同样的信仰。这一信仰在我心中具有一种普通的形式，即它在我们时代大多数有教养的人身上所具有的那种形式。这一信仰可以用"进步"

一词来表达。那时我以为这个词表达出了某种含义。我还不明白，当我同任何一个活人一样，被"我该怎样生活更好"的问题所困扰时，如果我回答"应当生活得符合进步的要求"——这就如同一个人坐在小船上，随波逐流，随风漂荡，此时，他对他主要的也是唯一的问题"该往哪个方向去?"不作回答，而只是说："我们正在朝某个方向漂去。"

那时我没有发觉这一点。对于我们时代人们用来掩盖自己对生活的无知的这一共同迷信，我只是偶尔不是在理智上，而是在感情上感到愤慨。例如，我在巴黎时目睹的执行死刑的场面向我揭示了我对进步的迷信是何等脆弱。当我看见一颗头颅与躯体分离，分别被咚咚地扔进棺材，这时我不是靠智力，而是以整个身心明白了，任何关于存在的合理性的理论，以及关于进步的理论都无法为这种行为辩护，即使世界上所有的人根据从创世以来无论什么理论认为这样做是需要的——我也知道，这不需要，这很坏；所以说，评判什么好和需要什么的依据，既不该是人们的所说所为，也不该是进步，而是我和我的心。使我认识到迷信进步不足以解释生活的另一件事，是我哥哥的死。他是一个聪明、善良而严肃的人，年轻时就得了病，受了一年多的折磨后痛苦地死去了，他临终也不明白，过去为什么而活，更加不明白，现在为什么要死。在他缓慢而痛苦的死亡过程中，没有任何理论能向我或他对这些问题作出解答。

然而这只是偶有怀疑的事例，实际上我照样继续生活，只信仰进步。"一切都在发展，所以我也在发展；至于为什么我和大家一起发展，将来自会清楚。"那时我想必该这样来表述我的信仰。

从国外回来后，我搬到农村去住，办起了农民小学。这项工作特别使我感到称心，因为其中没有我已经看透了的那种谎言。在文学教育工作中这种谎言已使我感到很反感了。在这里我同样是为进步而工作，但我已是以批判的眼光来对待进步本身了。我对自己说，进步的某些表现是不正确的，所以在这里，对待像农民的孩子这样蒙昧无知的人，应当持完全自由的态度，应当让他们自己选择他们想走的那条进步之路。

实际上，我一直围绕着一个无法解决的难题兜圈子，这个难题便是要教育人又不知道教什么。在文学界高层里我看清楚了，不知道教什么，是不可能教育人的，因为我看到，大家教的各不相同，相互争吵也不过是在自己面前掩盖自己的无知而已。而在这里，同农民的孩子在一起，我想是可以避开这个难题的，办法就是：孩子们想学什么，就让他们学什么。现在回想起来觉得很可笑：那时尽管我在内心深处非常清楚地知道，我不能教给别人任何有用的东西，因为连我自己都不知道什么是有用的，但是，为了满足自己的欲望——教育人，我真是费尽心机。办学一年之后，我再度出国，为的是去那里了解，怎么能够做到自己一无所知却能教育别人。

我觉得，我在国外学会了这套本事，在用一整套玄妙莫测的高见武装起来之后，我在解放农奴的那一年回到了俄国，担任了调解人①的职务，开始在学校里教没有文化的人，并通过我办的那份杂志②教育有文化的人。事情好像进行得很顺利，但我感觉到，我的精神不很正常，长此以往是不行的。

① 调解地主与农民之间土地等纠纷的公职人员。1861年5月托尔斯泰被任命为图拉省克拉皮文县第四区的调解人。
② 即《雅斯纳亚·波良纳》杂志。

倘若我没有另一方面的生活，即我尚未尝过并可能使我获救的家庭生活的话，可能在那个时候我就已经陷入我五十岁时陷入的绝望境地了。

我任调解人、办学和办杂志长达一年，我已精疲力竭，特别是我自己搞得乱作一团，调解工作中遇到的纷争使我觉得很沉重，办学办得茫无头绪，我在杂志上的影响仍然是想教育所有人同时又掩盖我不知道教什么，这已使我厌恶之极。由于这一切，我病倒了，精神上的病比肉体上的病更重；于是我丢下一切，去到草原上巴什基尔人那里——去呼吸空气，喝马乳酒，过动物那样的生活。

从草原上回来后，我结了婚。幸福家庭生活的新环境已经使我完全丢开了对生的普遍意义的探索。那段时间我全部生活都集中在家庭上、妻子身上、孩子们身上，以及为增加经济收入的操劳上。追求完善早先已被追求全面完善、追求进步所取代，而如今追求的干脆就是要使我和我的家庭生活得尽可能好。

就这样又过了十五年。

尽管我认为写作是无聊的事情，然而在这十五年期间我仍然继续写作。我已尝到了写作的甜头，尝到了付出点滴劳动便能获得巨额金钱报酬和掌声的甜头，于是乐此不疲，以此为手段来改善自己的物质状况和压制我心中关于我的以及普遍的生存意义的问题。

我写作，用我那时的唯一真理，即应当生活得使自己和家庭都尽可能好，来教育别人。

我就是这样生活的，可是五年前在我身上开始出现某种很奇怪的现象：突然有几分钟，我先是感到茫然莫解，生命停顿了，好像我不知道我应该怎么活下去，我应该做什么；接着便惊惶失措，陷入绝望。但这种状态过去了，我又继续像原来那样生活。后来这种片刻之间茫然莫解的现象出现得日益频繁，而且形式完全相同。这种生命停顿的现象总是表现为同样的问题：为了什么？那么，以后又怎样呢？

开始我觉得这些问题没有什么意义——不过是些没有目的、不合时宜的问题。我觉得，这一切都是不言而喻的，如果什么时候我想解答这些问题，对我来说不费吹灰之力——

只是我现在顾不上罢了，一旦我想解答，马上就能找到答案。然而这些问题越来越频繁地出现，越来越迫切地要求解答。就像一些小黑点不断落在同一个地方那样，这些得不到解答的问题聚集在一起，也成了一块黑斑。

在每个患了致命的内部疾病的人身上都会发生的情况出现了。开始只是稍有不适的一些小症状，病人对此毫不在意，后来这些症状越来越频繁地重复出现，然后连在一起，成为在时间上持续不断的痛苦。痛苦进一步加剧，转眼间病人就意识到，他原以为的不适其实对他来说乃是世上最重大的事情，这件事就是——死亡。

同样的情况在我身上也发生了。我明白了，这并不是偶然的不适，而是至关重要的大事，如果反复出现的老是同样的问题，那就应当对它们作出回答。于是我试图作出回答。这些问题看似十分愚蠢、简单、幼稚。可是当我一接触它们并试图加以解答的时候，我马上就确信：首先，这并不是些幼稚而愚蠢的问题，而是人生最重要和最深刻的问题；其次，无论我怎么冥思苦想，也绝对解答不了这些问题。在处理萨马拉省庄园的事务、教育儿子和写书之前，我应当知道，我做这些事是为了什么。在我不知道为了什么之前，我什么事也没法做。那时我颇专注于家产问题，可是，在考虑家产问题时常常会突然冒出一个问题来："那么好吧，你在萨马拉省将拥有六千俄亩土地，三百匹马，那又怎么样？……"我完全目瞪口呆了，不知道该怎么往下想。或是，当我开始考虑怎么将子女教育成人的时候，我会问自己："为了什么？"或是，当我在谈论人民怎么才能达到丰衣足食的时候，我会突然对自己说："这与我有何相干？"或是，当我想到我的作品将带给我的荣誉时，我会对自己说："那好吧，你的声誉会比果戈理、普希金、莎士比亚、莫里哀，比世界上所有作家都大——那又怎么样！……"我什么也回答不出来。

四

我的生命停顿了。我能呼吸，能吃，能喝，能睡，况且我不可能不呼吸，不吃，不喝，不睡，但是生已不存在，因为已经不存在我认为理应予以满足的那些愿望。如果我想要什么，那事先我已知道，无论我是否满足这个愿望，都不会得到任何结果。

如果来了一个女巫师，对我说她能满足我的愿望，那我也不知道该说什么好。如果在我喝醉的时候说过什么，那也并非我的愿望，而只是以前那些愿望的自然流露；那么我在清醒的时候就知道，这只是欺骗，我没有什么可希冀的。我甚至不希望知道真相，因为我猜得到真相是什么。真相便是：生——毫无意义。

我仿佛活着活着，走着走着，结果走到了深渊跟前，清楚地看到，前面除了毁灭之外，什么也没有。但我不能停步，不能后退，也不能闭眼不看：前面什么也没有，只有虚幻的生活和幸福，真实的苦难和死亡——只有彻底的毁灭。

生已使我厌倦不堪，一种不可抗拒的力量拽着我，迫使我竭力摆脱生。不能说我想自杀。这种拉我离开生的力量比想更强烈、更充实、更广泛。这种力量与以前对生的追求相似：只不过是方向相反。我竭力追求离开生。自杀的念头自然而然地在我心中产生，就像以前产生要生活得更好的想法一样。这个念头的诱惑力太大了，我不得不对自己耍点花招，以免我过于仓促地将它付诸行动。我不愿仓促行事，只是因为我想尽一切努力先把事情搞清楚！我对自己说，要是我实在搞不清楚，到那时再自杀也不迟。于是我，一个幸福的人，每晚脱衣服时，就把腰带拿到外面去——每晚我的房间里都只有我独自一人——以免在立柜间搭的横梁上吊死；我也不再带着猎枪去打猎，以免经不起诱惑而用轻而易举的方法摆脱生。我自己也不知道我想要什么，我害怕生，竭力摆脱它，同时又对它还抱有某种希望。

我的这种状况发生在从各个方面说我都拥有公认为完满幸福的一切的时候，那时我还不到五十岁。我有一个善良而有爱心的可爱妻子，几个很好的孩子，广大的田产，不用我费力，田产就在日益增加和扩大。我受到亲近的人和熟人的尊敬，受到别人的颂扬比以往任何时候都多，因此我可以认为自己已经出名，这样说也不算特别自我陶醉。同时，我无论身体上和精神上都没有病，相反，我具有在我同龄人中罕见的精神力量和体力：从体力上来看，我能干割草的活，而且不会落在庄稼人之后；在脑力方面，我能连续工作八到十小时，并不感到这样紧张的脑力活动产生了任何不良后果。就是在这种状况下，我走到了这一步：我不能生，但又怕死，我只得对自己耍点花招，以免自杀。

在我心目中，这种内心状态用下列方式表现出来：我的生命是不知谁对我开的一个愚蠢而恶毒的玩笑。虽然我根本不承认，有个"谁"创造了我，但是这种表达方式——即有某个"谁"让我降生到世上来，是对我开的一个恶毒而愚蠢的玩笑——我觉得是最自然的表达方式。

我不由自主地想象，有个"谁"在某个地方瞧着我生活了整整三四十年，一面生活一面学习，身体和精神都不断发育成长，现在思想已经完全成熟，我登上了可以鸟瞰整个人生的生命顶峰，而我却像个大傻瓜似的站在这个顶峰上，终于看清生命中什么也没有，过去没有，将来也没有——他看到这一切，此刻觉得很开心。"他还觉得好笑呢……"

无论有没有这么一个在取笑我的"谁"，我都不会因此而感到轻松些。无论是我的任何一个行动还是我的全部生活，我都不认为具有任何合理的意义。令我感到惊奇的，倒是怎么我没能从一开始便明白这一点。这早已是无人不知的事。不是今天，便是明天，疾病和死亡就会来到（而且已经来到）我所爱的人身上①和我的身上。于是，除腐烂发臭和蛆虫之外，什么也不会留下来。我所做的事，不管是什么样的事，将统统被遗忘——或迟或早连我也将不复存在。既然如此，又何必忙忙碌碌？一个人怎么会看不到这一点而能活下去——这才令人惊讶呢！只有醉生梦死地活着，才能活下去；一旦清醒过来，就不能不看到，这一切全是欺骗，而且是愚蠢的欺骗！所以说，根本没有一点可笑和俏皮之处，而只有——残酷和愚蠢。

很早以前人们就讲过一则东方寓言：一个行路人在草原上遇到一头张牙舞爪的野兽，为了逃命，行路人跳进一口枯井，可是他看见井底有一条龙，张开血盆大口想要吃掉他。

①　在托尔斯泰写《忏悔录》之前，他的父亲、祖母、姑妈、两个哥哥、一岁多的儿子彼得和不满一岁的儿子尼古拉先后去世。

这个倒霉的人既不敢爬出井口，怕被狂怒的野兽吃掉，又不敢跳下井底，怕被龙吞食，他一把抓住井壁缝隙中长出的一棵野生灌木的枝桠，挂在上面。他的双手渐渐没有气力了，他感到，死亡正向他两面夹击，很快他就会送命，但是他仍然挂在那里，这时他环顾四周，看见两只老鼠，一黑一白，围绕着他抓住的那根树桠边爬边啃。眼看树桠就要自行断裂了，他就会掉进龙的大嘴。行路人看到这一点，并知道自己必死无疑，可是就在他这样挂着的时候，他环顾四周，发现树叶上有几滴蜜，便伸出舌头去舔。我就是这样挂在生命的树桠上，明知我逃不脱死亡之龙，它将把我撕成碎片，同时我不能理解，为什么我要遭受这样的磨难。我想吸吮那曾给我快慰的蜜汁，然而此刻那蜜汁已经不再使我快乐了，白鼠和黑鼠还在日以继夜地啃噬我抓着的那根树桠。我清清楚楚地看到那条龙，所以我已感觉不到蜜的甜味。我眼前只有那躲不开的龙和两只老鼠，我无法把视线从它们身上移开。这不是寓言，而是真实的、毋庸置辩的、人人都能理解的真相。

从前那些骗人的生活乐趣掩盖了龙的可怕，如今已经不能再欺骗我了。不管对我说多少次：你不可能理解生的意义，别想啦，就这么活着吧——我都不能照这样做，因为从前我已经这样做得太久了。现在我不能不看到白日和黑夜在飞逝，在把我带向死亡。我只看到这一点，因为只有这一点才是真实。其它一切都是谎言。

有两滴蜜，它们曾比其它的蜜滴更长久地把我的视线从残酷的真实引开——这就是我对家庭的爱和对被我称之为艺术的写作事业的爱。现在连这两滴蜜我也不觉得甜了。

"家庭呢……"我对自己说，但家庭就是妻子儿女，他们也是人。他们同样处在我所处的境况之中：他们或是必须生活在虚伪之中，或是必须看到可怕的真实。他们为什么要活着？我又为什么要疼爱、保护、养育和照管他们？到头来不是让他们也陷入我所感受的那种绝望，就是让他们变得蠢头蠢脑！既然我爱他们，我就不能向他们隐瞒真实——在认识上每前进一步，都会使他们走近这一真实。而真实便是——死亡。

"那么艺术呢，诗呢？……"在人们对我颂扬备至的影响之下，很长时间我一直说服自己相信，这是一项可为的事业，尽管死亡必定来临，它会毁灭一切，毁灭我、我的事业，以及对我事业的记忆，但很快我就明白了，这也是欺骗。我很清楚，艺术乃是生命的装饰，生活的诱饵。既然生活对我已失去诱惑力，我又怎么能够去引诱别人呢？当我过的不是自己的生活，而是别人的生活裹挟着我随波逐流的时候，当我相信生活具有意义——尽管我现在也说不清是什么样的意义——的时候，各种生活在诗和艺术中的反映曾给予我快乐，我很乐意欣赏艺术这面镜子中所映现的生活。可是当我开始寻找生的意义，当我感觉到我必须过自己的生活的时候，这面镜子对我来说不是无用、多余而可笑，就是令我痛苦的了。我在这面镜子中看到自己的处境荒唐而无望时，我是得不到安慰的。当我在内心深处相信我的生活有意义的时候，我对此感到高兴，心情很畅快。那个时候，这种光明与暗影的游戏——生活中喜剧的、悲剧的、感人的、美好的、可怕的东西的游戏——曾使我觉得很开心。但当我知道了生是毫无意义的和可怕的之后，这种镜子里的游戏便再也不能使我开心了。在我看见那条龙，看见那两只老鼠在啃噬我的支撑物的时候，再甜的蜜我也不可能觉得甜了。

然而事情还不止于此。如果我仅仅是明白了生是毫无意义的，我本可以心平气和地知道这一点，知道这就是我的命。然而我却不能对此安之若素。如果我是一个住在森林里的人，知道这座森林是走不出去的，那么我还能够活下去，可是我却像一个在森林里迷了路的人，由于迷路而惊恐万状，于是东奔西跑，想找到一条路，同时明明知道，越走只会越加迷误，却又不能不四处乱窜。

这太恐怖了。为了摆脱这种恐怖我想自杀。面对必将临头的下场，我感到恐惧，我知道，这种恐惧比下场本身更可怕，但我无法驱散恐惧，也不能耐心等待末日的来临。有人说，心脏的血管或者别的什么反正迟早要破裂，到那时一切也就了结了。这种论调不管多么令人信服，我也不能耐心等待末日的到来。对黑暗的恐惧实在太强烈了，我只想赶快用一根绳子或一颗子弹使自己摆脱它。正是这种感觉比一切都更有力地吸引着我走向自杀。

五

"不过，也许是有什么我没有注意到，有什么我没有理解呢？"好几次我对自己这样说，"这种绝望的心态不可能是人所固有的啊。"于是我在人所获得的一切知识中去寻找我的问题的答案。我痛苦而长久地寻找，不是出于无聊的好奇心，不是无精打采地寻找，而是痛苦地、锲而不舍地、日以继夜地寻找，就像一个行将丧命的人寻找获救的办法那样。——结果是一无所获。

我在一切知识中寻找答案，不但没有找到，反而更加确信，那些同我一样在知识中寻找答案的人，也同我一样一无所获。他们不仅没有找到答案，而且明确地承认，那使我陷入绝望的东西，即生的毫无意义，才是人所能懂得的唯一可靠的知识。

我到处寻找，由于我过去的学习经历以及我与学术界的联系，我能接触各种学科的学者，他们都乐于用他们的著作和通过交谈向我阐述他们的全部知识，所以我了解到了知识对于生的问题所作的一切回答。

很长的时间我怎么也不能相信，知识对于生的问题，除了它现在的回答外，没有任何别的回答。很长一段时间，当我仔细端详科学在论证那些与人生问题毫不相干的原理时那副神圣不可侵犯、一本正经的派头时，我总觉得大概是自己有些东西还没有懂。很长时间我在知识面前感到心虚胆怯，因此我觉得对我的问题答非所问并非知识的过错，而是由于我的无知，但是这件事对于我来说非同小可，不是儿戏，而是关系到我一生的大事，所以我最终不得不抱定这样一个信念，即我的问题全都是合情合理的，它们是一切知识的基础，过错并不在我和我的问题，而在科学，如果它认为回答这些问题非它莫属的话。

我的问题，即在我五十岁时把我引向自杀的那个问题，其实是个最简单的问题，是每个人——从无知的幼儿到最智慧的老人——心中都存在的问题，不解决这个问题，就不可能生活下去，我的实际体验也正是这样的。这个问题就是："我今天所做的和我明天将要做的一切会得到什么结果呢？我的一生会得到什么结果呢?"

这个问题的另一种提法是:"我为什么要活着? 为什么要有所希冀? 为什么要做事?"还可以有另一种表述方式:"我的生命是否具有一种不会被我必不可免的死亡所毁灭的意义?"

我在人类知识中寻求解答的正是这个有着各种表述方式的同一问题。结果我发现,在这个问题上,人类的全部知识就像是分成了对立的两半球,在两半球彼此相对的顶端存在着两极:一个是负极,一个是正极,但是无论哪一极都没有回答关于生的问题。

一类知识似乎根本就不承认这个问题,但它们却清楚而准确地回答自身独立提出的种种问题,这一类是经验知识,在其极点上的是数学。另一类知识承认这个问题,但不作回答,这一类是思辨知识,在其极点上的是形而上学。

从很年轻的时候起,我就对思辨知识很感兴趣,但后来数学和自然科学吸引了我,于是,在我尚未向自己明确地提出自己的问题之前,在这个问题尚未在我心中自行生成并坚决要求解答之前,我一直满足于知识对这个问题所作出的种种似是而非的解答。

而在经验知识的领域，我则对自己说："一切都在发展，在分化，日益变得复杂和完善，而且存在着支配这一进程的规律。你是整体的一部分。你在尽可能认识整体和发展规律之后，你便能认识到自己在整体中的位置和自己本身了。"确有一段时间我满足于这套说法，尽管承认这一点使我羞愧难当。那时我自己正在变得复杂和正在发育成长。我的肌肉在发育并日益变得结实，记忆在不断丰富，思维能力和理解能力日益增进，我在成长和发展，感觉到自己的这种成长，自然我便以为这正是全世界的规律，从中我也能找到关于我的生命问题的答案。但当我停止成长的时期到来时——即我开始感觉到我已不再发育，而在日益变得干瘪，我的肌肉日渐松弛无力，牙齿渐渐脱落——这时我才看到，这一规律不仅对我什么也没有说明，而且它从来就没有存在过，也不可能存在，我把某个时期在自己身上发现的现象当成了规律。我以更严格的态度对待这一规律的定义，我便清楚了，无限发展的规律是不可能存在的；我清楚了：说什么在无限的时空中一切都在发展，都在日益变得复杂、完善，都在分化——说这种话等于什么也没有说。这全是毫无意义的空话，因为在无限之中既无复杂的东西，也无简单的东西，既无前，也无后，既无更好，也无更坏。

主要的是，我个人的问题——即我连同我的愿望到底是什么？——完全没得到回答。我明白了，这些知识很有趣，很吸引人，但它们对生的问题的适用程度与它们的准确性和明确性恰成反比：它们越不用于生的问题，则它们越准确、越清楚；它们越试图解答生的问题，它们就变得越不清楚、越没有吸引力了。如果求教于那些试图解答生的问题的知识门类，即生理学、心理学、生物学、社会学——你就会遇到令人吃惊的思想贫乏、极度的模糊不清、毫无根据的妄图解决不应由它们解决的问题以及思想家们之间没完没了的相互矛盾和各人的自相矛盾。如果求教于那些不研究如何解答生的问题，但回答本学科专门问题的知识门类，你就会对人类智慧的力量赞叹不已，但你早已知道，这里没有关于生的问题的答案。这类知识干脆否定生的问题，它们说："对于你是什么和你为什么活着等问题，我们没有答案，也不加以研究，如果你需要知道光的规律、化合的规律、机体发展的规律；如果你需要知道物体的规律和形式、数与值的关系；如果你需要知道自身智能的规律，那么我们对这一切都有清楚、准确和毫无疑义的答案。"

经验科学对待生的问题的态度一般可以表述如下，问："我为什么活着？"答："在无限大的空间中和无限长的时间中，无限小的粒子进行着无限复杂的变化，在你理解了这些变化的规律之后，你自会理解你为什么活着。"

在思辨领域，我对自己说："整个人类的生存和发展是以指导它的精神原则即理想为基础的。这些理想体现在宗教、科学、艺术和国家体制中。这些理想越来越高，人类也就朝着最高的幸福前进。我是人类的一部分，所以我的使命就是促进认识和实现人类的理想。"当我尚处于弱智状态时，我是满足于这套说法的。但一旦生的问题清晰地出现在我心中，这套理论便霎时间土崩瓦解。且不说这类知识弄虚作假，把研究一小部分人类所得出的结论冒充为普遍的结论，且不说对什么是人类的理想这个问题持相同观点的各种人之间如何相互矛盾——这种观点很奇怪（如果不说它愚蠢的话），因为依照它的说法，一个人为了回答每个人都面对的问题："我是什么？"或者："我为什么活着？"或者："我应当做什么？"却必须先解决一个问题："他并不了解的整个人类的生存（他只了解整个人类生存在极短促的时间中的极渺小的一部分）是什么？"一个人为了明白自己是什么，却必须首先明白整个神秘莫测的、由像他一样不理解自己的人所组成的人类是什么。

我得承认，有段时间我是相信上述论点的。那时我有着自己钟爱的理想，它们能为我的种种怪癖辩护。我竭力要想出一种理论，使我能以它为根据把自己的怪癖视作人类的规律。但是一旦生的问题十分清晰地出现在我心中时，上述答案立即不攻自破。我明白了，正如在经验科学中存在真正的科学和企图回答不应由它回答的问题的半科学那样，在这个领域中也存在着整整一系列广为传播的各门知识，都力图回答不应由它们回答的问题。这个领域中的半科学就是各种法学、社会科学、历史科学，它们装模作样地各按各的说法来解答整个人类生存的问题，企图以此作为个人的问题的答案。

在经验知识的领域中，如果有人真心诚意地问道：我应该怎么生活？他不会满足于这样的回答：你去研究无数粒子在无限空间中和无限时间中复杂的变化吧，那时你就会理解自己的生命了。同样，一个真心诚意的人不可能满足于这样的回答：你去研究我们不可能知道其始、其终并连其一小部分也不知道的全人类的生存吧，那时你就会理解自己的生命了。这些半科学如同经验领域的半科学一样，偏离自身的任务越远，充斥其中的含糊不清、误差、荒谬和矛盾就越多。经验科学的任务乃是研究物质现象的因果连贯性。经验科学只要一涉及终极原因这一问题，就会是一派胡言。思辨科学的任务乃是认识生的非因果关系的本质。它只要一研究有因果关系的现象，如社会现象、历史现象，也就会是一派胡言。

经验科学只有当它在自己的研究中不涉及终极原因的时候，它才能提供有用的知识并显示出人类智慧的伟大。与之相反，思辨科学只有当它完全摒弃对因果现象连贯性的研究，并只是从人与终极原因的关系去考察人的时候，它才是科学，才能显示出人类智慧的伟大。在这个领域中，构成这个半球的极点的科学，即形而上学，或思辨哲学，便是如此。这门科学明确地提出问题：我是什么？整个世界是什么？为何要有我又为何要有整个世界？自从有这门科学之日起，它的回答便永远相同。哲学家把存在于我身上和现存的一切之中的生命本质无论称为观念也罢，实体也罢，精神也罢，意志也罢，他所说的都无外乎一点：这种本质是存在的，**我就是这种本质**。至于为何要有这种本质，如果他是一个一丝不苟的思想家，他就既不知道也不会回答。我问道：这种本质为什么要存在？它现在和将来都存在，那又会有什么结果呢？……哲学不仅不回答这个问题，连它自己也在提出这个问题。如果它是真正的哲学，那么它的全部工作仅在于明确地提出这一问题。如果它牢牢把握自身的任务，那么，对于"我是什么和整个世界是什么"的问题，它除了回答"既是一切，又是无"之外，不可能作出别的回答。对于"世界为什么要存在和我为什么要存在"的问题，它除了回答"不知道"之外，不可能作出别的回答。

所以，不管我怎样反复琢磨哲学的那些思辨性答案，我怎么也得不到任何类似答案的东西。原因并不在于答案与我的问题无关，如同在精确的经验领域中那样；而是在于这里没有答案，尽管全部智力活动都恰恰是为了解决我的问题；于是，得到的不是答案，而是同一个问题，只不过具有更加复杂的形式而已。

六

在寻求关于生的问题的答案时，我的感受与一个在森林中迷路的人的感受完全相同。

他来到森林中一块空地上，爬上一棵树，清清楚楚地望见无边无际的空间，可是他发现，那里没有也不可能有人家；他又走到密林中去，走进黑暗，他看到的只是黑暗，同样始终没有发现人家。

我正是这样，在人类知识的森林中来回游荡，有时数学科学和经验科学之光为我照亮清晰的天际，但那边不可能有人家；有时则陷入思辨知识的黑暗之中，我走得越远，陷得就越深。最后我终于确信，出路没有，也不可能有。

在我埋头研究知识光明的一面时，我明白，我只是在回避问题。不管向我展现出的天际是多么清晰和诱人，不管沉湎于这无穷无尽的知识之中是件多么诱人的事，我已明白，这些知识对我越是无用，越不回答问题，它们就越是清楚明了。

我对自己说：好吧，我已知道了科学坚定不移地想要知道的一切，可是在这条道路上并没有关于我的生命意义这一问题的回答。在思辨领域中，我明白了，尽管，或者说，正是由于知识的目的是要直接回答我的问题，除了我给自己所作的回答外，不可能有别的回答；即，问："我的生命有何意义？"答："无。"或问："我的生命会得到什么结果？"答："无。"或问："一切存在着的为什么存在？我又为什么存在？"答："为了存在。"

我向人类知识的一个方面求教时，我得到的是无数与我的问题无关的准确答案，诸如关于星球的化学构成，关于太阳朝武仙星座的运动，关于物种起源和人类起源，关于无穷小的原子的形态，关于无限小、无重量的以太粒子的振动，等等，然而在这一知识领域中对于我的问题"我生命的意义何在?"只有一个回答:"你就是你称之为你的生命的东西，你是粒子的暂时的、偶然的聚合。这些粒子的相互作用和变化就在你身上产生你称为生命的东西。这种聚合会持续一段时间，然后粒子间的相互作用会停止，你称为生命的东西也就随之停止，你的一切问题也就了结了。你是用某种东西偶然捏成的一个小团子。这个小团子在腐烂。它把腐烂过程称作自己的生命。一旦这个小团子迸裂四散，腐烂过程和一切问题便都结束。"知识清楚的一面就是这么回答的，只要它严格遵循自己的原理，它就不可能说出任何别的答案来。

这种回答实际上是答非所问。我需要知道的是我的生命的意义，说它是无限中的极小的一部分，这种说法不但不会赋予它意义，反倒会抹杀它可能有的任何意义。

至于经验的精确知识的这一方面和思辨相互妥协而产生的那些含糊不清的说法，什么生的意义就是发展以及促进这一发展啦——由于它不准确、不清楚，不能被视作回答。

知识的另一方面，即思辨方面，如果它严格遵守自己的原理并直接回答问题的话，那么无论何地、无论过去和现在，它永远只有一个答案：世界是无限的和不可理解的。人的生命乃是这不可理解的"一切"中一个不可理解的部分。我又排除了思辨知识和经验知识相互妥协而产生的所有说法，它们构成了所谓法学、政治科学、历史科学等半科学的全部沉渣。发展的概念、完善的概念又被同样错误地引入了这些科学，区别仅在于那里说的是一切的发展，而这里说的是人的生命的发展。但二者具有同样的错误：在无限中的发展和完善既不可能有目的，也不可能有方向，因此对于我的问题什么也没有回答。

在具有准确性的思辨知识里，即真正的哲学里，而不是在叔本华所称的教授哲学里——这种教授哲学只不过是把一切存在的现象按新的哲学栏目加以分类并赋予新名称而已——只要哲学家不忽略本质问题，答案永远是相同的，也就是苏格拉底、叔本华、所罗门和佛所作的回答。

"我们接近真理的程度，恰恰相当于我们离开生命的程度，"苏格拉底在临终时说，"我们这些热爱真理的人在生命中追求的是什么？是从躯体和由躯体的生命所产生的一切罪恶中得到解脱。既然如此，当死亡降临到我们头上时，我们怎么能不高兴呢？

"哲人一生都在寻找死亡，所以他觉得死亡并不可怕。"

"我们既然认为世界的本质自身是意志，"叔本华说，"既然在世界的一切现象中只看到意志的客体性，又从各种无知的自然力不带认识的冲动起直到人类最富于意识的行为止，追溯了这客体性，那么我们也绝不规避这样一些后果，即是说：随着自愿的否定，意志的放弃，则所有那些现象，在客体性一切级别上无目标无休止的，这世界由之而存在并存在于其中的那种不停的熙熙攘攘和蝇营狗苟都取消了；一级又一级的形式多样性都取消了，随意志的取消，意志的整个现象也取消了；末了，这些现象的普遍形式时间和空间，最后的基本形式主体和客体也都取消了。没有意志，没有表象，没有世界。

"于是留在我们之前的，怎么说也只是那个无了。不过反对消逝于无的也只是我们的本性，是的，正就是这生命意志：它既是我们自己又是这个世界。我们所以这样痛恶这个无，这无非又是另一表现，表现着我们是这么贪生，表现着我们就是这贪生的意志而不是别的，只认识这意志而不认识别的。……在彻底取消意志之后所剩下来的，对于那些通身还是意志的人们当然就是无。不过反过来看，对于那些意志已倒戈而否定了它自己的人们，则我们这个如此非常真实的世界，包括所有的恒星和银河系在内，也就是——无。"①

"传道者说：虚空的虚空，虚空的虚空，凡事都是虚空。人一切的劳碌，就是他在日光之下的劳碌，有什么益处呢？一代过去，一代又来，地却永远长存。……已有的事后必再有；已行的事后必再行。日光之下并无新事。岂有一件事人能指着说，这是新的？哪知，在我们以前的世代，早已有了。已过的世代，无人记念；将来的世代，后来的人也不记念。我传道者在耶路撒冷作过以色列的王。我专心用智慧寻求查究天下所做的一切事，乃知 神叫世人所经练的是极重的劳苦。我见日光之下所做的一切事，都是虚空，都是捕风。……

---

① 译文引自叔本华著，石冲白译《作为意志和表象的世界》中译本，商务印书馆，1991年版，第562—563页、第564页。

我心里议论说，我得了大智慧，胜过我以前在耶路撒冷的众人，而且我心中多经历智慧和知识的事。我又专心察明智慧、狂妄，和愚昧，乃知这也是捕风。因为多有智慧，就多有愁烦；加增知识的，就加增忧伤。

"我心里说：'来吧！我以喜乐试试你，你好享福。'谁知，这也是虚空。我指嬉笑说：'这是狂妄。'论喜乐说：'有何功效呢？'我心里察究，如何用酒使我肉体舒畅，我心却仍以智慧引导我；又如何持住愚昧，等我看明世人，在天下一生当行何事为美。

"我为自己动大工程，建造房屋，栽种葡萄园，修造园囿，在其中栽种各样果木树；挖造水池，用以浇灌嫩小的树木。我买了仆婢，也有生在家中的仆婢；又有许多牛群羊群，胜过以前在耶路撒冷众人所有的。我又为自己积蓄金银和君王的财宝，并各省的财宝；又得唱歌的男女和世人所喜爱的物 ①……

"这样，我就日见昌盛，胜过以前在耶路撒冷的众人。我

---

① 俄文原著中在此有"即各种乐器"几个字，中文本《圣经》中无。

的智慧仍然存留。凡我眼所求的，我没有留下不给它的；我心所乐的，我没有禁止不享受的；……后来，我察看我手所经营的一切事和我劳碌所成的功，谁知都是虚空，都是捕风；在日光之下毫无益处。我转念观看智慧、狂妄，和愚昧。……我却看明有一件事，这两等人都必遇见。我就心里说：'愚昧人所遇见的，我也必遇见，我为何更有智慧呢？'我心里说，这也是虚空。智慧人和愚昧人一样，永远无人记念，因为日后都被忘记；可叹智慧人死亡，与愚昧人无异。我所以恨恶生命；因为在日光之下所行的事，我都以为烦恼，都是虚空，都是捕风。

"我恨恶一切的劳碌，就是我在日光之下的劳碌，因为我得来的必留给我以后的人。……人在日光之下劳碌累心，在他一切的劳碌上得着什么呢？因为他日日忧虑，他的劳苦成为愁烦，连夜间心也不安。这也是虚空。人莫强如吃喝，且在劳碌中享福……

"凡临到众人的事都是一样：义人和恶人都遭遇一样的事；好人①，洁净人和不洁净人，献祭的与不献祭的，也是一

----

① 俄文原著中在此有"和恶人"三字，中文本《圣经》中无。

样。好人如何，罪人也如何；起誓的如何，怕起誓的也如何。在日光之下所行的一切事上有一件祸患，就是众人所遭遇的都是一样；并且世人的心充满了恶；活着的时候心里狂妄，后来就归死人那里去了。与一切活人相连的，那人还有指望；因为活着的狗比死了的狮子更强。活着的人知道必死；死了的人毫无所知，也不再得赏赐；他们的名无人记念。他们的爱，他们的恨，他们的嫉妒，早都消灭了。在日光之下所行的一切事上，他们永不再有份了。"[1]

所罗门或者写这些话的那个人就是这么说的。

印度哲理是这么说的：

释迦牟尼是位年轻、幸福的王子，人们向他隐瞒了**病、老、死**，一次乘车出游时他看见一个骨瘦如柴的老头，牙齿掉光，口涎直流。从不知**老**为何物的王子大为惊讶，就问车夫："这是什么呀？这个人怎么会变得这么可怜、可厌和丑陋？"当他知道了这是所有人的共同命运，连他，一个年轻王

---

[1] 引自《圣经·旧约·传道书》第一、二、九章。——俄文原书编者注

子，也无法避免同样的命运时，他再也不能坐车游玩了，便下令返回，好仔细思考这个问题。于是他独自关在房里思考。大概他想出了某种足以自慰的道理，因为他又快活而幸福地乘车出游了。而这次他遇见了一个病人。他看见一个疲惫不堪、脸色发青、浑身颤抖、目光呆滞的人。这位被人瞒着不知**病**为何物的王子停下来问道："这是怎么回事？"当他得知这是病，人人都会得病，他本人，一个健康而幸福的王子，明天就可能也同样得病时，他再次无心玩乐，下令返回，又去寻找宽慰自己的道理。大概他又找到了，因为他又第三次出游了。第三次他看见的是又一种新景象。他看见人们抬着什么东西。他问："这是什么？"答："死人。""什么是死人？"王子问。人家告诉他，人死了就是变成同这个人一样。王子走近死人，打开来瞧。"以后要把他怎么办呢？"王子问。人家告诉他，要把死人埋入土里。"为什么要这样？"人家告诉他，因为死人肯定再也不会变成活人，只会散发腐臭和长满蛆虫。"难道这是所有人命中注定的？我也会这样？我会被埋在土里，散发出腐臭，会被蛆虫吃掉？""是的。""回去！我不去游玩了，永远不再去了。"

释迦牟尼在生中既找不到安慰，于是他认为生是最大的恶，他要用全部心血以求从生中解脱和普渡众生。而且要使人们免受任何方式的生死轮回之苦，从根本上彻底消灭生。全部印度哲理就是这么说的。

这就是人类哲理对于生的问题所给予的直接回答。

"躯体的生命乃是邪恶和虚假。所以消灭躯体生命是福，我们应当渴望它。"苏格拉底说。

"生命即不应存在之物——恶，所以向无过渡乃是生命唯一的幸福。"叔本华说。

"世上一切——无论愚昧与智慧、富贵与贫穷、欢乐与痛苦——全是虚空和无谓之事。人一死，便一无所留。这也是愚蠢的。"所罗门说。

"既认识到痛苦、衰弱、老、死之不可避免，就无法活下去——应当把自己从生中，从生的一切可能中解脱出来。"佛说。

这些大智者所说的话，亿万同他们一样的人也都说过、想过和感受过。现在我的想法和感受也相同。

就这样，我在知识中的徘徊寻觅，不仅没有使我摆脱我的绝望处境，反而加深了我的绝望。一类知识不回答生的问题，另一类知识倒是作出了回答，但恰恰肯定了我的绝望，指出我所得出的结论并非我误入歧途或思想病态的结果，相反，它向我证实，我的想法是对的，与人类最卓越的智者们的结论不谋而合。

不要自我欺骗了。一切都是虚空。幸福的只是尚未降生的人，死比生好，应当从生中解脱。

七

我在知识中找不到解答，就开始在生活中寻找，希望能够在我周围的人中找到它。于是我开始观察人——那些像我这样的人，我观察他们在我周围怎么生活，他们如何对待那个使我陷入绝望的问题。

在那些受的教育和生活方式都与我相同的人们身上，我观察到的结果如下。

我发现，我这个圈子里的人要摆脱我们大家的可怕处境有四条出路。

第一条出路是视而不见。即既不知道也不明白生是恶并毫无意义。这类人大多数是妇女，或是很年轻的人，或是很愚钝的人；他们还不懂得叔本华、所罗门和佛所遇到的生的问题。他们既没有看见龙在等着他们，也没有看见那两只老鼠在啃噬他们抓住的树桠，而只顾舔蜜汁。但是他们只能舔一段时间：只要一有什么东西使得他们注意到龙和老鼠，他们便会立即停止舔蜜了。我向这类人没有什么可学的，因为已经知道的就不可能再成为不知道的了。

第二条出路是享乐。即已经知道生是毫无希望的，便有什么福可享且享之，既不去瞧龙，也不去看老鼠，而是尽情地舔蜜，尤其是当树桠上蜜汁多的时候。关于这条出路，所罗门是这样描写的：

"我就称赞快乐，原来人在日光之下，莫强如吃喝快乐；因为他在日光之下，神赐他一生的年日，要从劳碌中时常享受所得的。……

"你只管去欢欢喜喜吃你的饭，心中快乐喝你的酒，……当同你所爱的妻，快活度日，因为那是你生前在日光之下劳碌的事上所得的份。凡你手所当作的事，要尽力去作；因为在你所必去的阴间，没有工作，没有谋算，没有知识，也没有智慧。"①

我们圈子中大部分人都照这第二条出路办。他们的处境使他们福多于祸，而道德上的麻木不仁则使他们有可能忘记，他们的优越处境乃是偶然的，也不可能所有人都像所罗门那样拥有一千名妻子和宫室，如果一个人有一千名妻子，那就会有一千人没有妻子，而每座宫室都需要有一千人汗流满面地建造它，今天偶然性使我成为所罗门，明天它就可能使我成为所罗门的奴隶。而这些人由于想象力的迟钝，可能忘记那使佛不得安宁的事，即病、老、死是不可避免的，它们不是今天就是明天会使这一切享乐化为泡影。他们之中有些人断言，他们思维

① 引自《圣经·旧约·传道书》第九章。——俄文原书编者注

和想象力的迟钝就是一种哲学，他们称之为实证哲学；照我看，他们并不能因此而有别于那类看不见问题、只顾舔蜜的人。这类人我也不能仿效：既然我没有他们那种迟钝的想象力，我就不可能硬给自己制造出来。我同任何一个活人一样，既已看见了老鼠和龙，就无法把视线从它们身上移开了。

第三条出路是靠力量和毅力。即明白了生是恶并毫无意义后，便把它毁灭掉。少数刚强而彻底的人就是这么做的。当他们明白，跟他们开的这个玩笑有多么愚蠢，明白死者比生者幸福得多，因此死是上策时，他们就这样做，立即结束这个愚蠢的玩笑。好在办法有的是：上吊、投水、刀子捅进心脏、卧轨。我们圈子里这样做的人越来越多。而且这样做的人大多数正处在人生最美好的时期，即精神力量最充沛、那些损害人的良知的习性还较少的时期。我看到，这条出路最可取，所以我也想这么做。

第四条出路叫做软弱。即明白生是恶并毫无意义，却仍然苟且偷生，虽然早已知道，生不会有任何结果。这类人知道死比生好，但又没有力量采取明智的行动——尽快结束欺骗并自杀，他们似乎还在等待什么。这是一条软弱的出路，因为既然我知道什么是上策，它又由我决定，为什么我不付诸实行呢？……我就属于这类人。

我分析的这些人就是靠这四种办法来摆脱可怕的矛盾。无论我怎么苦思苦想，除这四者外，我没有见到过任何别的出路。第一种出路：不明白生是毫无意义的，是虚空和恶，不明白最好是不生存。但我不可能不知道这一点，一旦知道了，我就不能闭眼不看。另一种出路是：享受现有的生活，不去想未来。这点我也做不到。我像释迦牟尼一样，知道有老、病痛和死之后，就不能外出打猎了。我的想象力太活跃了。此外，对于赐予我片刻欢乐的转眼即逝的偶然性，我不能感到高兴。第三种出路是：明白生是恶和愚蠢的之后，就停止生存，自杀。虽然我已明白这一点，但不知为什么一直还没有自杀。第四种出路就是像所罗门、叔本华那样地活着，即知道生是对我开的一个愚蠢的玩笑，但仍然活着，洗脸，穿衣，吃饭，说话，甚至还著书立说。这使我感到厌恶和痛苦，但我仍然维持这种现状。

现在我看到了，我之所以没有自杀，乃是因为我模糊地意识到我的想法不正确。不管我觉得我的思路和那些使我们认识到生之毫无意义的智者们的思路是多么令人信服和无可置疑，我仍然对于我论断的出发点是否正确存在一种模糊的怀疑。

这种怀疑是这样的：我，我的理性，认识到生是不合理的。如果最高理性不存在（它并不存在，也没有什么能够证明它存在），那么对我来说理性就是生命的创造者。如果没有理性，生命对我来说也就不存在了。既然理性本身是生命的创造者，那么它怎么会又否定生呢？或是从另一方面来看：如果没有生命，那么也就不存在我的理性，可见，理性是生命之子。生是一切。理性是生命之果，而这个理性却否定生本身。我感觉到，这里有点不对头。

生是毫无意义的恶，这是确定无疑的。——我对自己说——可是我过去活着，现在也活着，整个人类过去生存着，现在也生存着。这是怎么回事呢？既然人类可以不生存，那么它为什么还要生存？

莫非就我一个人和叔本华这么聪明，竟明白了生是恶，并毫无意义?

生是虚空的这一论点,则不那么费解,这一点很早以前就被一些最平凡的人道破了,但是人们过去活着,现在也活着。难道说,他们都只顾活着而从来就没有想到过对生的合理性加以怀疑吗?

我那已为哲人们的智慧所肯定的知识,向我表明,世上一切,无论有机物还是无机物,全都被安排得无比高明,只有我一人的境况很荒谬。那些傻瓜——广大的普通群众——对于世上一切有机物和无机物是怎么安排的一无所知,可是他们照样活着,并觉得他们的生活被安排得非常合理!

这时我脑子里常常出现这样的想法:也许是有些东西我还不知道呢?因为无知正是这么做的。无知一贯也是这么说的。它不知道什么,就说什么是荒谬的。实际上得出的结论成了这样:存在着整个人类,它过去存在,现在也存在,并似乎理解它自身生存的意义,因为如果它不理解这一点,它就不可能生存下去,而我却说,整个生命毫无意义,我无法生活下去。

谁也不会干预我和叔本华否定生。不过,既然否定生,你就自杀好了，那样一来你就用不着发议论了。你不喜欢生，你就自杀吧。既然你活着又不能理解生的意义，那就结束生命好了，别老在生活中瞎混，还讲个没完，写个没完，说什么你不理解生。你来到一群快活的人当中，所有的人都觉得心情很好，都知道自己在做什么，只有你觉得无聊和厌烦，那么你就该走开。

说实在的，我们这些确信必须自杀而又没有决心付诸行动的人，除了是最软弱、最不彻底的人外，或者用通俗的话来说，除了是像唠叨不休的傻瓜似的蠢话连篇的愚人外，还能是什么？

尽管我们的智慧毫无疑义是可靠的，它却并没有给予我们关于我们生的意义的知识。而创造生活的整个人类，千百万人，却并不怀疑生的意义。

的确，很早很早以前，自有生命开始（对生命我略有所知），人们就生活着，也知道生是虚空这一论断（这一论断向我表明生是毫无意义的），可是人们照样生活并赋予它某种意义。自从开始有人的某种生活以来，人们就已知道生的这种意义，他们便一直这么生活，直到有了我。我身上和我周围所有的一切全是他们对生认识的结果。我运用来讨论生并谴责生的所有思想武器，都不是我创造的，而是他们创造的。我出生、受教育和长大成人都应当归功于他们。是他们开采铁，教会人伐木，驯养牛马，教会人播种，教会人共同生活，安排好我们的生活；他们教会我思考和说话。而我，他们的一件产品，由他们哺育、抚养、教育的我，用他们的思想和语言来思考的我，却向他们证明，他们——毫无意义！"这里有点不对头，"我对自己说，"我在某个地方出了差错。"可是错在哪里，我怎么也找不出来。

八

所有这些怀疑，现在我能够比较连贯地讲述出来，那时我就讲不出来。那时我只是感觉到，我关于生是虚空的结论不管在逻辑上是多么具有必然性，而且为最伟大的思想家们所肯定，其中还是有什么地方不对头。是在论点本身中，还是在问题的提法上，我就不得而知了。我只感觉到，理性的说服力虽然无可挑剔，但这还不够。所有这些论据还不足以令我信服到去实行从我论断中得出的结论，即去自杀。如果我说，我是靠理性得出我的结论而又没有自杀，那么我说的就不是实话。理性是在起作用，但同时起作用的还有别的什么，我只能称它为生的意识。还有一种力量在起作用，它使得我注意到另一方面，而不是这一方面，正是这种力量引领我走出绝望的境地并将理性转到完全不同的方向。这种力量使我注意到，我和数百个像我这样的人并不是整个人类，我对人类的生存还不了解。

我环顾同龄人的狭小圈子，我看到的只是不明白这个问题的人、明白这个问题却以纵情享受生活来掩饰问题的人、明白了这个问题并结束生命的人以及既已明白却由于软弱而心灰意冷、苟且偷生的人。我没有看到过其他人。那时我觉得，我所属的那个由学者、富人、闲人所组成的狭小圈子就是整个人类了，至于从前活过和现在活着的亿万人，这——**算不了什么**，他们不过是一些牲畜，不是人。

现在令我感到奇怪和百思不得其解的是，我怎么会在讨论生的时候却忽视了我周围的人类生活呢，我怎么会迷误到如此可笑的地步，竟以为我的生活，所罗门们和叔本华们的生活是真正的、正常的生活，而亿万人的生活却是不值一顾的事呢？不管我现在感到多么奇怪，我看到，过去确实就是这样。自命不凡使我走入迷途，我觉得，我和所罗门、叔本华十分正确和十分真实地提出了问题，绝不可能还有别的提法，这一点是毫无疑义的。我觉得，亿万人都属于还未达到能够理解问题全部深度的人，这一点也是毫无疑义的；所以我在寻求自己生的意义时，一次也没有想到过："世界上过去活过和现在活着的亿万人赋予自己的生什么意义呢？"

我很长时间处于这种丧失理智的状态，这种状态是我们这些最自由主义的、有学问的人所特有的——不是口头上这么说，而是事实上就是这样。但是，大概由于我对真正的劳动人民怀有一种奇怪的生理上的爱，使我理解他们并看到，他们并不是我们所想的那么愚蠢；或者是由于我真诚地确信，我只知道自己能做的最好的事就是上吊，此外我什么也不可能知道；我感觉到了，如果我想活下去并理解生的意义，那么我不应当到那些丧失生的意义而想自杀的人那里去寻找，而应当到亿万活过和活着的人那里去寻找，正是他们在创造生活并承担着自己的和我们的生活。于是我环顾活过和活着的、既无学问又不富有的广大普通群众，我便看到了完全不同的情况。我看到，对所有这亿万活过和活着的人，除极少数例外，我的分类均不适用。我不能说他们不理解问题，因为他们自己提出这个问题并十分明确地作出回答。我也不能称他们为享乐主义者，因为他们生活中贫困和苦难多于享受；我更加不能说他们不明智地过着毫无意义的生活，因为他们对生活中任何一个行动和对死亡本身都能作出解释。他们认为，自杀是最大的恶。由此可见，整个人类具有一种我不承认和我所蔑视的关于生的意义的知识。结果便成了这样：理性认识不能说明生的意义，它排斥生；亿万人，整个人类所赋予生的意义却是建立在某种被人蔑视的、虚假的知识上。

以学者和哲人为代表的理性认识否定生的意义，而广大人民群众，整个人类却以不合乎理性的认识承认生的意义。这种不合乎理性的认识就是宗教，正是我以前不能不抛弃的宗教。这就是一个上帝①和三位一体的上帝②，这就是创造六日③，就是魔鬼和天使以及我在神经失常之前所不能接受的一切。

我的处境实在糟透了。我知道在理性认识的道路上，我除了否定生之外，将一无所获；而在宗教里，除了否定理性之外，也是一无所获，而否定理性比否定生更难做到。按照理性认识得出的结论是：生是恶。人们知道这一点，不活下去的决定权也在他们手中，可是他们过去活过，现在也活着。我本人也活着，尽管我早已知道生是恶并毫无意义。按照宗教得出的结论是：要理解生的意义，我就必须摒弃理性，然而却正是理性需要知道这个意义。

九

矛盾出现了，其出路不外乎两条：或是我称之为理性的

---

① 即基督教所信奉的上帝。
② 基督教教义认为，上帝本体为一，但又是圣父、圣子（耶稣基督）和圣灵三位一体。
③ 见《圣经·旧约·创世记》第一章。

东西并不是如我所想的那么合理，或是我觉得不合乎理性的东西并不是如我所想的那么不合理。于是我开始检查我理性认识的推理过程。

我在检查理性认识的推理过程时，发现它完全正确。生是**无**的结论必不可免，但我看出了一个错误。这个错误就是我的思考与我提出的问题不相符合。问题是：我为什么要活着，即从我虚幻的、正在毁灭的生中会产生出什么真实的，不会毁灭的东西吗？在这无限的世界上，我的有限的存在有什么意义？为了回答这个问题，我对生作了研究。

对于有关生的一切可能的问题所作的解答，显然都不能令我感到满意。因为我的问题初看起来十分简单，却要求以无限来解释有限，以及反之。

我是问：我的生具有何种超越时间、超越因果关系和超越空间的意义？可是我的回答却是这样一个问题：我的生具有何种时间上的、因果关系上的和空间上的意义呢？结果在长时间的思考之后我作出了回答：毫无意义。

我在推论中经常把有限与有限相比、无限与无限相比，况且我舍此别无他法。于是我得出也必然得出这样的结论：力量是力量，物质是物质，意志是意志，无限性是无限性，无是无，由**无**已不能再前进一步了。

这有点像数学中常见的那种情况：本想解方程式，解的却是恒等式。思考过程是对的，但得出的答案是 $a=a$，或 $x=x$，或 $0=0$。我关于我生的意义的推论也是这样的。全部科学对这个问题的回答都是恒等式。

确实如此，严格的理性认识——如笛卡儿所做的那样，始于怀疑一切，抛开一切想当然的认识并把一切重新建立在理性的和经验的规律之上——对于生的问题，除我已获得的答案——一个不明确的答案外，不能给予任何别的回答。一开始只是我以为知识给予了肯定的回答，即叔本华的回答：生毫无意义，它是恶。但在研究之后我明白了，回答并不是肯定的，而是我的感觉把它这样表现出来罢了。严密表述的答案，如婆罗门、所罗门、叔本华所表述的那样，只是一种不明确的回答，或者说是恒等式：$0=0$，我觉得是**无**的生，即是**无**。所以，哲学知识并不否定什么，而只是回答说，它解决不了这个问题，对它来说，答案仍然不明确。

明白这一点之后，我便明白了，不能在理性知识中去寻求我的问题的答案，理性知识所作的答案只是指出：只有用另一种方式提问题，只有在推论中引入有限对无限的关系问题，才有可能获得答案。我还明白了，宗教所作的种种答案不管是多么不合乎理性和怪异，但有一个优点，即每个答案中都引入了有限对无限的关系，没有这一点就不可能有答案。不管我怎样提出问题："我该怎么生活？"回答都是："按照上帝的律法。""我的生会有什么真正的结果？"答："永远受苦或永远幸福。""什么意义是不会被死亡毁灭的？"答："同永恒的上帝结合，天堂。"

于是，除了我过去认作是唯一的知识即理性知识外，我必然要承认整个生存着的人类还有另一种知识，不合乎理性的知识，即宗教，它使生成为可能。宗教的全部非理性对我来说仍然一如既往，但我不得不承认，它向人类回答了生的问题，从而使生成为可能。

理性知识使我承认生毫无意义，我的生命停顿了，我想毁灭自己。环顾人们，看看整个人类，我看到人们生活着并肯定地说他们知道生的意义。再看看自己；在我知道生的意义的时候，我一直生活着。对于我，如同对于别人一样，生的意义和生的可能都来自宗教。

我又放眼看看其它国家的人、我同时代的人和从前的人，我看到的情况也完全相同。自有人类以来，有生的地方就有宗教，它使生成为可能，并且宗教的主要特点无论何处永远都是相同的。

无论什么宗教，无论它对谁作出无论什么样的回答，宗教的一切回答都是赋予人的有限存在以无限的意义——不会被苦难、贫困和死亡所毁灭的意义。这就是说，只有在宗教里能够找到生的意义和生的可能性。于是我明白了，最本质意义上的宗教不仅是"显现看不见的事物"及诸如此类的事，不仅是启示（这仅仅是对宗教特征之一的描写），不仅是人对上帝的关系（必须先确定宗教，然后才能确定上帝，而不是通过上帝确定宗教），不仅是同意向人们讲述的通常对宗教的理解；宗教是关于人生意义的知识，知道了这个意义，就不会去毁灭自己，而是活下去。宗教是生的力量。如果人活着，那么他总是有某种信仰。如果他不相信他应当为某种东西而活着，他就活不下去。如果他既未看到也不明白有限的虚幻性，那么他就是信仰有限；如果他明白有限的虚幻性，那么他必定相信无限。没有信仰是无法活的。

回想起我内心活动的全部过程，我感到不寒而栗。现在我清楚了，一个人为了活着，他必须或是看不到无限，或是得到一种对生的解释，能将有限与无限等量齐观。这种解释我曾经有过，但在我还相信有限的时候，它对我无用，我就开始用理性来检验它。在理性之光的面前，以前的全部解释都破灭了。后来我不再信仰有限了。于是我开始用我所知道的一切在理性的基础上建立一种能说明生的意义的解释，但是什么也没有建立起来。我同人类最卓越的大智者们一样，得出的结论是：0=0。我对于得出这样的结论大为惊讶，可是又根本不可能得出任何别的结论。

我在经验知识中寻求答案时，我做的是什么？我是想知道，我为什么活着，为此我研究了身外的一切。显然，我可以获得很多知识，至于我所需要的，则一无所获。

我在哲学知识中寻求答案时，我做的是什么？我研究了那些与我处境相同并对"我为什么活着"这个问题回答不了的人的思想。显然，除了我自己已经知道的，即什么也不可能知道，这一点之外，我得不到任何别的知识。

我是什么？无限的一部分。其实这几个词已经体现了全部问题之所在。难道人类是从昨天起才开始提出这个问题？难道在我之前任何人也没有提出过这个问题——这个很简单的、每个聪明的小孩都挂在嘴上的问题？

实际上这个问题自有人类起就被提出来了。自有人类起就明白了，要解答这个问题，只是把有限去与有限相等同或是把无限去与无限相等同，都是不够的。自有人类起就已经找到了有限对于无限的关系并且也将它表达出来了。

借助上帝的概念、自由的概念、善的概念可使有限与无限等同起来，使生获得意义，我们将所有这些概念进行了逻辑的分析。结果是，所有这些概念都经不起理性的批判。

我们怀着骄傲和得意的心情，像孩子似的把钟表拆开，取出发条，用来做了玩具，而后来，当发现钟表不走时，我们又大为惊讶——这如果不是可怕的，那至少也是可笑的。

解决有限与无限的矛盾、对于生的问题得出使生成为可能的答案，既是需要的，又是十分珍贵的。这是我们在任何地方、任何时间和任何民族那里找到的唯一解答，是从时间中，即对我们来说人的生命消磨在其中的时间之中得出的解答，是我们无法作出任何别的解答的十分难得的解答——恰恰就是这个解答被我们轻率地加以摧毁，目的是重新提出那个所有人与生俱来而我们又不能解答的问题。

上帝永恒的概念、灵魂与上帝相通的概念、人事与上帝相联系的概念、道德上善与恶的概念，乃是在我们已不能看见的人类生存的远古历史中形成的概念，乃是生和我本人的存在不可或缺的概念；我却要抛弃全人类所作出的这一切成果，想由我一人独出心裁全部推倒重来。

那时我并没有这样想，只是在我心中已出现了这种想法的萌芽。我明白，(1)我同叔本华和所罗门的结论是愚蠢的，虽然我们不乏聪明；因为我们明白生是恶，可我们仍然活着。

这显然是愚蠢的，因为如果生是愚蠢的而我又是这么热爱一切明智的东西——那么我就应当消灭生命，这样也就不会有人来否定它了。(2) 我明白，我们所有的论断都是在一个魔圈中打转，如同一个没有齿轮卡住的轮子。不管我们议论得如何多，如何好，我们也不能得到问题的答案，永远只是 0=0，所以我们的路子多半是错了。(3) 我开始明白，宗教所给予的那些答案中保存着人类最深刻的智慧，我无权以理性为根据来否定它们，而最主要的是，唯有这些答案回答了生的问题。

十

我明白了这一切，却并未因此而轻松一些。

我现在情愿信奉任何一种宗教，只要它不要求我直接否定理性，因为这种否定是谎言。于是我读书研究佛教和伊斯兰教，研究得最多的是基督教，既靠书本，也靠求教于我周围的活人。

自然我首先是求教于我圈子中信教的人、有学问的人、东正教神学家、僧侣长老、带有新派色彩的东正教神学家，甚至那些宣传信仰赎罪就能得救的所谓新教教徒①。我抓住这些信徒刨根究底地问他们怎么会信教的，他们认为生的意义是什么。

尽管我作了一切可能的让步，避免任何争论，我仍难以接受这些人的信仰，因为我看到，被他们当作信仰的，并没有对生的意义作出说明，反而把它搞得更加模糊了，他们确立自己的信仰并不是为了回答那个引我走向宗教的问题，而是为了某些别的与我毫不相干的目的。

在我怀抱希望之后又回到原先的绝望，这种痛苦的恐惧我在同这些人的交往中曾体会过许许多多次，对此我至今记忆犹新。他们向我讲述他们的教义越多、越详细，我就越加清楚地看到他们是如何地误入歧途，我所抱的在他们的信仰中找到生的意义的解释这一希望也化为泡影。

他们在陈述自己的教义时，在永远使我感到亲切的基督教真义中掺进许多无用的和非理性的东西，但并不是这一点使

---

① 指1874年开始在彼得堡上层人士中传教的英国雷德斯托克勋爵及其追随者。——据原书编者注

我疏远他们；使我疏远他们的原因是，这些人的生命同我的生命本是一样的，区别仅在于它与他们讲述的自己教义的原则不相符。我清楚地感觉到，他们在欺骗自己，他们同我一样，除了既然活着便活下去、凡是手够得着的东西全都拿来之外，生便没有别的意义。我看到这一点的根据是，如果他们所信奉的生活意义能够消除对贫困、苦难和死亡的恐惧，那么他们就不会害怕这些了。可是我们圈子中的这些信徒同我一模一样，生活富裕，努力增加或保有财富，害怕贫困、苦难和死亡；他们同我和所有不信教的人一样，过着荒淫无度的生活，如果不是比不信教的人活得更恶劣，那也是同样的糟糕。

不论怎么说都不能使我相信他们的信仰是真诚的。只有能以行动表明他们信奉的生的意义能使他们不畏惧我所害怕的贫困、疾病、死亡，才能使我信服。然而在我们圈子里形形色色的教徒们之中，我没有看到过这种行动，相反，我在我们圈子里最不信教的人之中倒是看到了这种行动，但在我们圈子里所谓教徒们之中则从未见到过。

我明白了，这些人信仰的宗教不是我要寻找的宗教，他们的宗教不是宗教，而只是生活中享乐主义的娱乐之一。我明白了，这种宗教对于濒临死亡正在忏悔的所罗门也许合适，即使不能作为安慰，也可聊以排解，但它对于生来不是为了靠他人的劳动享乐，而是为了创造生活的人类大多数，则不能适用。为了使全人类能够生存，为了人类继续生存并赋予生存以意义，那么他们，亿万人就必须有另一种真正的宗教知识。因为不是我同所罗门、叔本华没有自杀一事使我相信宗教存在，而是亿万人过去活过、现在活着，并且他们生存的波涛负载着我和所罗门们这一事实，使我相信宗教存在。

　　于是，我开始接近穷人、普通人、没有学问的人中的教徒，接近朝圣者、僧侣、分裂派教徒和庄稼人。这些来自人民的人信奉的教义同我们圈子中伪教徒们信奉的教义一样，都是基督教教义，也同样在基督教的真义中掺入了很多迷信，但二者的区别在于，我们圈子中那些教徒的迷信是他们不需要的，跟他们的生活沾不上边，仅仅是某种享乐主义的消遣而已。劳动人民中教徒们的迷信则与他们的生活紧密相连，乃至难以想象他们的生活能够没有它们，因为它们是他们生活必不可少的条件。我们圈子中教徒们的全部生活与他们的信仰相矛盾，而信教的劳动者的全部生活则是对宗教知识所赋予的生的意义的肯定。我开始仔细观察后者的生活和信仰，我观察得越多，便越加深信，他们有着真正的信仰，信仰对他们来说是必不可少的，唯有它给予他们生的意义和生的可能性。我在我们圈子中看到，没有信仰照样可以生活，一千个人当中难得有一个承认自己是教徒。与此相反，在劳动者当中，几千个人里也未必有一个不信教的人。我在我们圈子中看到，全部生活在闲散无聊、寻欢作乐以及对生活的不满中度过。与此相反，我看到劳动者的全部生活是在沉重的劳动中度过，但他们对生活的不满却比富人要少。我们圈子中的人遇到贫困和苦难便表示反抗和怨恨命运。与此相反，劳动者则忍受疾病和灾难，对此既无迷惑不解，也不表示抗拒，而是抱着一种心平气和的坚定信念，相信所有这一切都是应当有的，不可能是别样，这一切都是善。我们越聪明，便越是不理解生的意义，并把我们忍受苦难和走向死亡看成是一种恶毒的嘲笑。与此相反，劳动者平静地，更常见的是怀着愉快的心情生活、受苦和走向死亡。在我们圈子中平静的死亡，没有恐惧和绝望的死亡，是极为罕见的例外。与此相反，在老百姓中，不平静、不情愿和不愉快的死亡则是极为罕见的例外。他们虽然不拥有我和所罗门视作生活唯一幸福的一切，却感受到极大的幸福——这样的人是很多很多的。我由近及远地环顾四周。我仔细观察从前的和当前的广大群众的生活。我看到，理解生的意义、既善于生又善于死的人，不是两个，三个，十个，而是几百，九千，几百万个。他们所有人在性情、智力、受教育程度、地位等方面千差万别，但是与我的无知相反，他们全都知道生和死的意义，他们心平气和地劳动，忍受贫困和苦难，活着和死去，认为这一切不是虚空，而是善。

我爱上了这些人。我越深入理解这些活着的人的生活以及我读到、听到的关于跟他们一样的但已去世的那些人的生活，我就越是爱他们，我自己也活得一天比一天轻松了。我这样生活了约莫两年，接着我发生了一个大转变，它在我心中酝酿已久，它的素质则从来就存在于我身上。我发生了这样的情况：我们圈子——富人、学者——的生活不仅令我厌恶，而且丧失了任何意义。我们的一切行动、论调、科学、艺术——所有这一切我觉得都是胡闹。我明白了，不能在其中去寻找生的意义。我认为，创造生活的劳动人民的行动才是唯一真正的事业，这样的生活所具有的意义乃是真理，所以我接受了它。

十一

同样一种宗教信仰，当其信奉者的生活与之相违背时，我就对它感到反感，觉得它毫无意义；当我看到人们靠它生活，我便被它吸引，觉得它是合理的——回想起这一切，我明白了，为什么这种宗教信仰那时使我反感，为什么我认为它毫无意义，而现在却又接受它，发现它充满意义。我明白了，我是迷失了方向和我是怎么迷失方向的。我迷失方向的原因与其说是我思考得不正确，不如说是我生活得很糟糕。我明白了，我看不见真理的原因，与其说是我思想上的迷误，不如说是我在极为特殊的寻欢作乐和满足淫欲的环境中所度过的生活本身。我明白了，对于我的问题：我的生活是什么？答：是恶。——这一回答完全正确。唯一的错误是，我将这个只是针对我而言的回答用于普遍的生活了。我问自己：我的生活是什么？我得到的回答是：恶和毫无意义。一点不错，我的生活——纵淫的生活——毫无意义，是恶，所以"生活是恶和毫无意义"这个回答仅仅是针对我的生活而言，而不是泛指一切人的生活。我明白了，我后来在福音书中找到的一条真理：世人因自己的行为是恶的，不爱光，倒爱黑暗。凡作恶的便恨光，并不来就光，恐怕他的行为受责备[①]。我明白了，要理解生的意义，就首先应当使生活不是毫无意义和不是恶，然后才是——有理性，以理解生。我明白了，为什么我这么长时间只是在如此显而易见的真理旁边兜圈子；也明白了，如果思考和谈论的是人类的生活，那就应当思考和谈论人类的生活，而不是生活中的一些寄生虫的生活。这条真理永远是真理，如同 $2 \times 2 = 4$ 一样，而以前我却不

① 见《圣经·新约·约翰福音》第三章第十九、二十节。

承认它，因为如果承认 2×2=4，我就必须承认我不好。但是感到自己是好人，对我来说，比承认 2×2=4 更为重要，更为必需。现在我爱上了好人，憎恨自己，所以就承认了这一真理。现在我觉得一切都清楚了。

一个在施刑和砍头中度日的刽子手，或是一个纵淫无度的酒鬼，或是一个终生关在黑房间里，把房间弄得又脏又臭，但又觉得一走出房间自己就会死的疯子——如果他们问自己：生是什么？那会怎么样呢？显然，对于"生是什么"这个问题，他们得到的回答除了"是最大的恶"之外，不可能有别的；疯子得到的回答也是完全正确的，不过仅仅是对他而言。说不定我就是这样一个疯子？说不定我们所有的富人、有学问的人都是这样的疯子？

我明白了，我们确实就是这样的疯子。我肯定曾经是这样一个疯子。确实，鸟活着就要飞，要觅食和筑巢，当我看到鸟这样做的时候，我以它的快乐作为自己的快乐。山羊、兔、狼活着就要吃，要繁殖后代和养活它们的家，当它们这样做的时候，我就有一种坚定的信念：它们是幸福的，它们的生活是合理的。那么人应当做什么？他应当和动物一样去谋生存，区别仅在于如果他独自一人去谋生存就会丧命，所以他应当不是为自己，而是为大家谋生存。当他这样做的时候，我就有一种坚定的信念：他是幸福的，他的生活是合理的。在我整个三十年自觉的生活中，我又做了什么？我不仅没有为大家谋生存，甚至也没有为自己谋生存。我像个寄生虫一样地活着，当我问自己"我为什么活着"的时候，得到的回答是：不为什么。如果人的生命的意义就在于谋生存，我三十年的所作所为既然都不是为了谋生存，而是为了葬送自己和别人的生存，那么，除了"我的生活毫无意义并且是恶"之外，我怎么能得到别的回答呢？那时它确实是恶并毫无意义。

世界的生存是按照有个"谁"的意志在进行的——这个"谁"利用全世界的生存和我们的生存做着自己的一件什么事情。为了有希望理解这个意志的意义，就必须先执行它的旨意——做要求我们做的事。如果我不去做要求我做的事，我就连对我的要求是什么也永远不会明白，自然更加不会明白对我们大家和对全世界的要求是什么了。

如果从十字路口找来一个赤身露体、饥肠辘辘的乞丐，把他领到一座很好的农庄的棚子里，让他吃饱喝足，然后叫他上下摇动一根木杆，那么显然，这名乞丐在弄明白为什么找他来、为什么要摇动木杆、整个农庄安排得是否合理之前，必须先摇木杆。如果他摇木杆，他就会明白，这根木杆牵动唧筒，唧筒把水抽起来，水就灌溉地垄，然后他会被带出棚子，被安排去做另一项工作，他将收获果实，与自己的主人分享快乐，随着由低等工作转到高等工作，他便日益了解整个农庄的安排并参与其事，永远也不会想到要问，他为什么在这里，并且无论怎么也不会去责怪主人。

同样，那些执行主人意志的普通百姓、劳动的人、没有学问的人，那些被我们视作畜生的人，也不会责怪主人。而我们这些聪明人呢，吃倒是全吃主人的，做却是不做主人要我们做的事，不但不做，我们还坐成一圈，大发议论："为什么要摇木杆？这是愚蠢的啊。"我们就这么胡思乱想。最后居然认为主人很蠢，或是认为他不存在，而我们却很聪明，只是又感到自己毫无用处，所以我们必须用什么方法自我解脱。

十二

意识到理性知识的错误，帮助我从思考游戏的诱惑中解脱出来。只有通过生活才能认识真理，这一信念使我对自己生活的正确性产生怀疑。多亏我及时冲破我的特殊性，看到普通劳动人民的真正生活并且明白了只有它是真正的生活，我才得救了。我明白了，如果我想理解生和它的意义，我就必须不过寄生虫的生活，而过真正的生活，必须在接受了真正的人类所赋予生活的意义并与这种生活融合在一起之后，再去检验这一意义。

那时我还发生了如下的情况：在整整一年期间，我儿乎每分钟都在问自己，是否用一根绳子或一粒子弹结果自己？整个那一段时间，我在作如上所述的思考和观察的同时，我的心被一种痛苦的感觉所折磨。这种感觉我只能称之为寻找上帝。

我要说，这里所说的寻找上帝不是论断，而是感觉，因为这种寻找并不是我思考的结果——它甚至与我的思想直接对立，而是从心中涌现出来的。这是置身异乡的那种恐惧、举目无亲、孤独同时盼望有谁来帮助的感觉。

尽管我完全相信不可能证明上帝存在（康德已经向我证明过了，我也完全理解他：证明这一点是不可能的），我却仍然寻找上帝，怀着能找到他的希望，我按照老习惯向我寻找却未找到的那个"他"做祷告。有时我在心中检验康德和叔本华关于不可能证明上帝存在的论据，有时我又开始驳斥这些论据。我对自己说，原因不是空间和时间那样的思维范畴。如果我存在，就有我存在的原因，以及原因的原因。而所有一切事物的原因便是被称之为上帝的东西。我仔细琢磨这个想法，力图用全部身心去领悟这个原因的存在。只要我一意识到，有一种控制我的力量存在，我马上感到生是可能的了。但我问自己："这种原因，这种力量究竟是什么？我该对它怎么看？我该怎么对待我称之为上帝的东西？"我脑子里出现的只是我熟悉的回答："他是造物主，庇护万物的上帝。"这些回答不能使我感到满足，我感觉到，我生存所必需的东西正在我心中消失。我感到恐怖，就开始向我所寻找的那个"他"

祈祷，恳求他帮助我。我越祈祷，便看得越清楚，他没有听见我的祈祷，而且根本就没有这样一个可以向之求助的他。由于根本不存在上帝，我心中怀着绝望说："主啊，怜悯我，拯救我吧！主啊，指引我，我的上帝！"然而，没有谁来垂怜我，我感到我的生命就要停顿了。

可是我从各个不同的方面一再得出这样一种认识，即我不可能是毫无理由、毫无原因、毫无意义地来到世上，我不可能像我感觉的那样，是一只从窝里掉下来的雏鸟。就算我是从窝里掉下来的一只雏鸟，仰面躺在高高的青草里吱吱啼叫，但是我之所以啼叫，是因为我知道，是母亲孕育了我，把我孵化出来，她曾经温暖过我，喂养过我，爱过我。那么她，这位母亲，现在在哪儿呢？如果我被抛弃了，那么又是谁抛弃的呢？我不能向自己隐瞒这样一个事实，总是有个谁怀着疼爱生下了我。那么这个谁究竟是谁呢？——还是上帝。

"他知道并看见我的寻求、绝望和斗争。他是存在的。"我对自己说。只要我在一刹那间承认这一点，生命就立即在我心中涌起，我就感觉到生的可能和生的快乐。但是从承认上帝存在我又转到探究对他的态度上来了，我又想到那个上帝，把自己的儿子即救世主派到世上来的我们那三位一体的造物主。于是这个与世无关、与我无关的上帝又像冰块一样在我眼前渐渐融化，结果还是什么也没有留下，生的源泉又干涸了，我陷入绝望并感觉到，我只有自杀，别无选择。而最糟糕的是，我感觉到，我连这件事也做不到。

我不是两次、三次，而是几十次、几百次地出现这种状况：时而欢欣鼓舞，时而又陷入绝望并意识到不可能活下去。

我记得，早春时节我独自一人在树林里，谛听树林里的各种声音。我一面谛听，一面思考那个三年来我经常思考的问题。我又在寻找上帝。

"好吧，没有任何上帝，"我对自己说，"没有哪个上帝不是我的想象，而是现实，如同我的全部生活是现实那样；没有这样的上帝。也没有任何东西、任何奇迹能够证明存在这样一个上帝，因为奇迹是我的想象，并且是不合情理的想象。"

"但是我关于上帝的概念，即我所寻找的那个'他'的概念呢?"我问自己,"这一概念是从哪里来的?"想到这里,我心中又涌起欢乐的生命之波。我周围的一切都复活了,都获得了意义。然而我的快乐为时不久。思考仍在继续。"上帝的概念并不就是上帝,"我对自己说,"概念是在我心中产生的,我既可以在心中提出这个概念,也可以不提出它来。这不是我要寻找的,我寻找的乃是生命不可缺少的那个东西。"于是我周围以及我心中的一切又开始死亡,我又产生了自杀的念头。

然而这时我回顾了一下自己,回顾在我身上发生的情况;我便回想起在我身上发生的所有几百次的死而复生。我回想起来,我只有在相信上帝的时候才活着。现在我也同过去一样对自己说:只要我知道上帝存在,我就能活着;只要我一忘记他,不相信有他,我就逐渐死去。这些生与死的交替是怎么回事呢?要知道,当我对上帝的存在失去信心的时候,我就不是活着,如果我不是怀有找到他的模糊希望,我早就自杀了。要知道,只有在我感觉到他和寻找他的时候,我才活着,真正地活着。"那我还寻找什么?"一个声音在我心中喊叫起来,"他就在这儿。他——就是那没有他便不能活的东西。知道上帝和活着——是一回事。上帝即是生。"

"你为寻找上帝而活着吧，那样就不会有缺少上帝的生活了。"于是我心中和我周围的一切变得比任何时候都明亮，这光明已不再离开我了。

我从自杀的念头中解脱出来了。我说不清这个转变是什么时候和怎样在我身上发生的。正如以前生的力量在我身上不知不觉地渐渐消失，终于使我活不下去、生命停顿、最后到了我要自杀的地步那样，这种生的力量又不知不觉地渐渐回到了我的身上。而奇怪的是，回到我身上的生的力量不是新的，而是最老的——正是在我生命初期吸引我的那个力量。我在一切方面回到了原先的我，回到了童年时代和少年时代的我。我重新相信存在那个产生了我并对我有所要求的意志；我重新认为我生活的主要的和唯一的目的就是要使自己变得更好，也就是要生活得尽量符合这个意志；我重新相信，我能够从全人类在我无法看到的远古时期创造出来作为自己的指导的东西中找到这个意志的体现，也就是说，我回到了信仰上帝，信仰道德完善和信仰体现着生的意义的老传统。区别仅在于，所有这一切以前我是不自觉地接受的，现在我却知道了，没有这一切，我就不能活下去。

在我身上发生的情况就像是这样：我不记得在什么时候我被放到一条小船上，然后小船被人推离陌生的河岸，有人指着对岸的方向，把桨放到我毫无经验的手中，便扔下我一个人走了。我尽力划桨，向前航行，可是离河心越近，水流就越急，将我冲得偏离目标。同时，我越来越多地遇见像我一样被激流冲走的划手。有些孤身一人的划手还在继续划桨，有的划手则已把桨撂下。还有一些满载人的大木船、大帆船，其中有的在与激流搏斗，有的则任其摆布。我越是向前并望着下游所有那些渡河者，便越是记不起指给我的方向。到了河中央，我被挤在被激流冲走的小船和大船中间，我已完全迷失方向，便扔下了桨。我周围那些划手兴高采烈、欢呼雀跃，扬着帆，划着桨，顺流而下，向我保证并彼此保证说：不可能有别的航向。我相信了他们的话，同他们一起顺流漂去。我被冲到很远的地方，我已经听到了险滩上急流的轰鸣声，我即将在那里被撞得粉身碎骨，我看见有些小船已经在险滩中被撞碎了。于是我猛然醒悟。很长时间我搞不明白我发生了什么事情。我看到前面只有毁灭，而我正朝它奔去同时又害怕它，看不到任何获救的可能，不知道我该怎么办。但是，我回头一望，看到无数的小船不停地顽强穿过激流，我想起了对岸，想起了桨和航向，于是我开始往回划，逆流而上，向对岸划去。

彼岸——即是上帝，航向——就是老传统，桨——这是赋予我的划向彼岸——与上帝结合——的自由。就这样，生的力量在我身上复活了，我又重新开始生活。

十三

我摒弃了我们圈子的生活，认识到那不是生活，而是某种貌似生活的东西，我们生活的富裕条件使我们丧失了理解生的可能性，为了理解生，我应当理解的不是特殊的生活，不是我们这些寄生虫的生活，而是创造生活的普通劳动人民的生活以及他们赋予生的意义。我周围的普通劳动人民是俄罗斯人民，于是我向他们求教，了解他们赋予生的意义。如果可以表达出来的话，这种意义是这样的：任何一个人都是按照上帝的意志出生到这个世界上来的。上帝创造的是这样的人，即任何一个人既可以毁灭自己的灵魂，也可以拯救自己的灵魂。人一生的使命就是拯救自己的灵魂；为了拯救灵魂，就必须按照上帝的旨意生活，而要按照上帝的旨意生活，就必须摒弃生活中的一切享乐，必须劳动、容忍、忍耐，心地慈善。这种意义是人民从全部宗教教义中获得的，而宗教教义则是通过牧师以及存在于民间、体现在传奇、谚语、故事中的老传统世代流传下来的。这种意义我觉得清楚明了，使我的心感到亲切。但是我曾生活在不属于分裂派①的老百姓之中，他们有许多东西与人民宗教信仰的这种意义紧密联系，这些东西使我反感并觉得无法解释，如：举行种种圣礼、上教堂做礼拜、持斋、对圣骨和圣像顶礼膜拜。人们不能将它们互相区别开来，我也做不到。尽管人民的宗教信仰中也包

---

① 从俄国东正教分裂出来的一个教派，他们不承认俄国总主教尼康 1653—1656 年的宗教改革。分裂派又名俄国古老信徒派，在十七世纪后半期至十八世纪成为反封建和反对派运动的旗帜。

含有许多令我感到十分奇怪的东西，我却全部接受了。我去做礼拜，早晚做祷告，持斋，吃素，而且开始一段时间我的理智全然未加抗拒。我原先以为不可能的事，现在却没有引起我的抗拒。

我现在对宗教的态度与那时完全不同。以前我觉得生活本身充满了意义，而宗教则是一些被任意确立的信条，它们对我完全无用、没有道理又与生活无关。那时我问自己，这些信条有什么意义，在确信它们没有意义之后，我就把它们抛弃了。现在则正好相反，我坚定地知道，我的生活没有也不可能有任何意义，宗教信条不仅对我不是无用的，而且我从无可置疑的经验中得出一种信念：这些宗教信条赋予生活以意义。以前我把它们视作完全无用的、玄妙莫测的东西，现在呢，如果我还不理解它们，那我也知道，它们具有意义，我便对自己说：应该学会理解它们。

我作了如下的一番推论。我对自己说：教义同具有理性的人类一样，均来自神秘的元始，这个元始就是上帝，也就是人的躯体及其理性之元始。如同我的身体是从上帝那里世代相传而继承下来的一样，我的理性和我对生的探索也是这样继承下来的，所以这种对生的探索的所有发展阶段都不可能是虚妄的。人们真诚地信仰的一切就必定是真理，它的表现方式可能不同，但它不可能是谎言，因此，如果我觉得它是谎言，那就只能说明我不理解它。此外，我还对自己说：任何宗教的实质在于它能赋予生命以一种不会随死亡而消失的意义。很自然，享尽荣华富贵而即将殒命的沙皇、劳累不堪的老奴隶、不懂事的幼儿、明哲的长者、疯癫的老妇、幸福的年轻女人、被欲念烦扰的少年，乃至生活条件和教养千差万别的一切人都会提出一个问题——关于生的一个永恒问题："我为什么活着，我的生活会有什么结果？"宗教为了能够回答这个问题（自然，如果能够有一个回答的话），那么这个回答尽管本质是一样的，但其表现形式必定是千变万化的；而且这个回答越一致、越深刻，那么，针对每个人的教养和地位，它的表现方式自然也就越古怪、越畸形。但是我为古怪的宗教仪式向自己辩护的这些论点，终究还不足以使我自己能够在我唯一的生的事业中，在宗教信仰中，去做我抱有怀疑的那些行为。我全心全意地渴望能与人民结合在一起，履行他们的宗教仪式，但我做不到这一点。我感到，如果我去做了，那我就是在自己骗自己，在嘲笑我认为是神圣的东西。这时，一些新的、我们俄罗斯的神学著作帮助了我。

按照这些神学家的说法，宗教的基本教条就是教会是绝对正确的。承认这一教条就必然得出结论，教会所宣扬的一切都符合真理。由爱结合起来因而具有真正知识的教徒群体，即教会，就成了我的信仰的基础。我对自己说，上帝的真理不可能是一个人所能领悟的，它只显示给由爱所结合为一体的人群。为了理解真理，就应当彼此不分开，而为了彼此不分开，就应当爱并容忍不同意见。真理是显示给爱的，所以，如果你不服从教会仪式，你就是在破坏爱，而破坏爱，你就丧失了认识真理的可能性。那时，我并没有看出这一论断中的诡辩。那时我没有看到，爱的结合体可以产生最伟大的爱，但绝不会产生用明确的文字记载在《尼西亚信经》①中的神学

---

① 由两次基督教普世会议（公元325年的尼西亚会议和公元381年的君士坦丁堡会议）所确定的基督教信仰宣言，是唯一为基督教各教派所共同承认的信条。

真理；我也没有看到，爱无论如何也不可能使真理的一定表现成为结合为一体所必不可少的条件。那时我没有看到这一论断的错误，因而我才有可能接受和履行东正教教会的一切仪式，虽然我对其大部分都不理解。当时我尽心竭力避免任何推论、矛盾，并试图尽可能理智地解释我所遇到的教会信条。

在履行教会仪式的过程中，我抑制了自己的理性，并使自己听从全人类共有的那些老传统。我同我的祖先们、我所爱的人——父亲、母亲、祖父们、祖母们结合在一起了。他们和所有前人都信仰过，生活过，并生养了我。我同所有我所尊敬的来自平民百姓的千百万人结合在一起了。况且，这些行为本身并不包含任何坏的成分（我认为放纵淫欲才是坏事）。很早就起床，上教堂做祷告，我知道这样做很好，至少因为这样做可以克制自己的自命不凡，能够与我的祖先们和同时代人接近，能够为了寻求生的意义而牺牲自己躯体的安宁。在斋戒、每日背诵祷词并行礼、在所有斋期持斋的时候，我都有同样的体会。不论这种牺牲多么微不足道，但总是为了善而作出的牺牲。我斋戒、持斋、按时在家和上教堂做祷告。在教堂做礼拜的时候，我专心聆听每一个词，并尽可能体会礼拜的意义。在日祷①中我认为最重要的话是："我们彼此相爱思想一致……"接下来的话，"我们信仰圣父、圣子和圣灵"我就跳过去了，因为我无法理解。

十四

那时，为了活下去，我必须相信，所以当时我没有看到教义中的矛盾和含糊不清的地方是无意的。但是，对宗教仪式的这种理解是有限度的。如果说，叶克千尼亚②的主要词句对我变得越来越清楚明了，如果说，我好歹能向自己解释这样的祷词："记住我们神圣的圣母和所有圣徒并将自己、彼此和我们全部生命奉献给基督上帝"，如果我解释说，之所以常常背诵祝福沙皇及其亲人的祷词，是因为他们比别人更容易受诱惑，所以更需要祷告；那么，关于要把敌人和仇敌征服

---

① 东正教在午前做的祷告。
② 东正教礼拜时由助祭或神甫代表信徒念诵的各种祷词的总称。

于脚下的祷词，我的解释则是：敌人就是恶，——这些和其它一些祷词，如司智天使颂歌、奉献祈祷①或《献给卓越的督军》，等等，全部祷词几乎有三分之二或是完全无法解释，或是我觉得，如果我加以解释，便是在说谎，这会完全破坏我对上帝的态度，从而彻底丧失信教的一切可能。

在庆祝各个主要节日的时候，我也有同样的感受。记住安息日，即，将这一天奉献给祈祷上帝——这我能理解。但是最主要的节日是纪念复活②这一事件，其真实性我却难以想象和理解。每周庆祝的那一天正是以复活命名的③。在这种日子举行的圣餐仪式，我觉得完全不可理解。其余全部十二个节日，除圣诞节外，都是纪念各种奇迹，对这一切奇迹我尽力不去想，以免加以否定，如主升天节、五旬节、主显节、圣母帡幪节，等等。在庆祝这些节日的时候，我觉得硬要对那些我认为最无意义的东西赋予重要意义，所以我不是杜撰

---

① 东正教大祭的第一部分。
② 据《圣经》记载：耶稣被钉十字架死后第三天复活。
③ 俄语中"礼拜日"的词义为"复活"。

出某种解释聊以自慰，便是闭上眼睛不看诱惑我的东西。

我最强烈地感受到这一点是在参加最普通的并被认作是最重要的圣礼，即洗礼和圣餐礼的时候。这时我遇上的并不是不可理解的行为，而是完全能够理解的行为，加之这些行为又对我具有诱惑力，我陷于进退两难的境地——或是说谎，或是弃绝。

我永远不会忘记在相隔多年之后我又第一次领圣餐[①] 那天的痛苦感觉。祷告、忏悔、教规——这一切我都能理解，并且我高兴地意识到，生的意义向我显现出来了。我对自己是这样解释圣餐的：举行这一仪式是为了怀念基督并意味着洗涤罪孽和完全接受基督的教义。即使这种解释很勉强，当时我也并没有发现这一点。当我谦卑而驯服地在一名神甫，一名普通的腼腆的司祭面前将自己内心的全部污浊和盘托出，并忏悔自己的罪过时，我感到无比快乐；在思想上同书写教规祷文的神甫们的意愿融合在一起时，我感到无比快乐；同

---

① 这件事是发生在 1878 年。——原书编者注

所有过去和现在的信徒合为一体时，我感到无比快乐；这一切使我毫未察觉自己解释的牵强。可是当我走到圣幛的中门，神甫要我重述我相信我将吞下的是真正的身体和血①时，我的心像被割了一刀，他的话已不止是一种虚伪的腔调，而是某个显然从不知信仰为何物的人提出的残酷要求。

现在我要说，这是残酷的要求，那时我并没有想到这一点，只是感到无法形容的痛苦。我已不是处于青年时代所处的那种状态，觉得生活中一切都很清楚了。要知道，我信奉宗教，乃是因为在宗教之外我只找到了毁灭，而无其它收获，确实是一无所获；所以我不能抛弃宗教，我便屈服了。我在心中找到了帮助我承受这件事的感情。这就是自卑和恭顺的感情。我屈服了，吞下了这血和身体，毫无亵渎神明的感情，而是但愿自己对这一切能够信以为真，可是我已经受到了打击。既然预先知道我会遇上什么样的事情，我就不可能再去

————————————

① 东正教认为，领圣餐时吃的面饼会"变体"为耶稣基督的身体，喝的葡萄酒会"变体"为他的血，从而与耶稣基督同在。参见《圣经·新约·马太福音》第二十六章第二十六至二十八节。在最后的晚餐上耶稣把饼分给门徒时说：这是我的身体，又分酒给门徒说：这是我立约的血。

第二次了。

我继续这样一丝不苟地履行教堂的仪式并仍然相信我所遵循的教义中存在着真理，接着在我身上发生了当时觉得很奇怪而现在我已很清楚的事情。

我听一个没有文化的农民朝圣者谈上帝，谈信仰，谈生命，谈得救；宗教的教义便呈现在我面前。听他谈论生命、信仰时，我同平民百姓就接近起来，对真理的理解也越来越增多。我在读《每日读物月书》①和《训诫集》②的时候，也有同样的感受，它们成了我爱读的书。除书中记载的奇迹——我视之为表现某种思想的情节——之外，这些书向我揭示了生的意义。书中有大马卡里传、约阿萨夫王子传（即佛的故事），还有金口约翰③的故事、井中行者的故事、拾金僧人的故事、税吏彼得的故事。还有苦行圣徒们的故事，他们一致宣称，死并不排斥生。还有关于没有文化的人、愚人、对教

---

① 供东正教徒每日阅读的书，每月一册，共十二册，内容为圣徒生平言行录。1864 年出版。

② 古俄罗斯时代按教堂日历的顺序编辑的《圣徒传略》和《训诫集》。编于十二世纪以前，最早出版于 1642—1644 年。

③ 公元四世纪拜占庭一著名传教士的外号。

义一无所知的人得救的故事。

但是只要我和有学问的教徒在一起或是读他们的著作，我心中就会产生怀疑，出现不满和非争论不可的气愤心情，我感觉到，我越是深入研究他们的言论，我就离真理越远，我就走向深渊。

十五

不知有多少次我羡慕农民们没有文化和没有学问。我从宗教信条中得出对我来说显然毫无意义的结论，而他们则认为其中并没有任何谬误，他们能接受这些信条，并能相信真理，即我也相信过的那个真理。只是我这不幸的人觉得很明显的是，这个真理用极细的千丝万缕与谎言交织在一起，所以我不能接受这样的真理。

我这样生活了约莫三年，开始一段时间我像个疯魔的人似的，只是一点一点地了解真理，只是凭着感觉朝我以为光明一些的地方走去，那时这些冲突并不十分使我感到惊愕。

每当我有什么不理解的时候，我就对自己说："是我错了，我糊涂。"可是随着我日益深入我所学习的那些真理，随着它们日益成为生活的基础，这些冲突也就变得日益沉重和明显了，在我不善于理解而不能理解的东西与若非自欺便无法理解的东西之间的那条界线，也变得日益分明。

尽管存在这些怀疑和痛苦，我仍然信奉东正教。可是出现了一些必须加以解决的紧迫问题，而教会对这些问题的解决办法却与支撑着我生活的信仰原理本身直接对立，这就迫使我彻底放弃与东正教往来的可能。这些问题中首先是东正教教会对待其它教会——天主教和所谓的分裂派教徒——的态度。那段时期由于我对宗教感兴趣，我接触了各种不同信仰的教徒：天主教徒、新教徒、古老信徒派教徒、莫罗勘派①教徒以及其它派别的教徒。我在他们中间遇到了很多品德高尚、信仰虔诚的人。我希望成为这些人的弟兄。结果怎样呢？那个向我保证用统一的信仰和爱把所有人结合起来的

---

① 十八世纪下半期在俄国出现的一个基督教教派，否定神甫、教堂、宗教仪式，在家中举行祈祷，由推选出来的长老领导。

教义，通过其最优秀的代表人物向我说，所有这些人都是生活在谎言之中，他们生活的力量是来自魔鬼的诱惑，只有我们才掌握唯一的真理。我看到了，所有与我们信仰不一样的人都被东正教徒视作异教徒；而与此毫无二致，天主教徒和其它教派的教徒也把东正教视作异端。我看到，所有凡是不采用东正教的表面的信条和言词来信奉自己宗教的人，东正教均对之敌视，虽然力图掩盖这一点。其实也必然如此，因为第一，断言你是谎言，而我是真理，这已是一个人对另一个人最残酷的说法；第二，一个爱自己儿女和弟兄的人，不可能不敌视那些想要自己儿女和弟兄信奉邪教的人。这种敌视随着教义知识的增多而加剧。我认为真理是在爱的结合体中，所以我不由自主地看到，教义自己在破坏它应建立的东西。

这一大不敬的结论对于我们这些曾在国外多次居住过的有教养的人来说，实在太显而易见了，因为在那些国家里人们信奉各种不同的宗教，我们看到，天主教徒对待东正教徒和新教徒、东正教徒对待天主教徒和新教徒以及新教徒对前二者的那种蔑视、自以为是和断然否定的态度；古老信徒派教徒、帕什科夫派 ① 教徒、震派 ② 教徒以及所有教派的教徒均无不是持这种态度。这个显而易见的结论一开始简直使人大惑莫解。人们寻思：这事不可能这么简单；但人们毕竟没有见到过，如果两种论点相互否定，那么其中任何一种都不可能具有宗教应有的唯一真理。这里面总有点道理。总有某种解释——我也想是有的，我就开始寻找这种解释。我读了一切我能读到的有关书籍，向一切我能求教的人求教。可是除了诸如苏姆斯基骠骑兵团认为苏姆斯基兵团乃世上天字第一号兵团，而黄色枪骑兵认为世上天字第一号兵团是黄色枪骑兵之类的论调之外，我一无所获。所有各种各样宗教信仰的神职人员及其优秀代表对我都只说，他们相信他们掌握真理，别人都误入迷途，他们所能做的只有为别人祈祷了。除此之外，他们什么也没有对我说。我去拜访过修士大司祭、高级僧侣、长老、苦行修士，向他们提出问题，可是谁也不打算向我解释上述那一大不敬的结论。他们之中只有一个人倒是

---

① B.A. 帕什科夫是此派领袖，他是英国人雷德斯托克的追随者，为基督教福音派在俄国的代表。十九世纪七十和八十年代此派在俄国彼得堡贵族阶层中盛行一时。

② 基督教公谊会分裂出的一个小教派，因礼拜时跳一种震动舞而得名。

向我详细解释了一切，可是他的解释反倒使得我再也不去向任何人提问了。

我说过，对于任何一个不信教而想要皈依宗教的人（我们整个年轻一代应当作出这种皈依）来说，首先遇到的问题是：为什么真理不属于路德派新教，不属于天主教，而属于东正教？他在中学受教育，他不可能像一个农民那样朴知道，新派教徒、天主教徒也毫无二致地断言他们的宗教是唯一真理。历史证据被每一种宗教信仰作了有利于自己的歪曲，已不足为凭。我说，难道就不能站得高一点去理解教义？从教义的高度来看，这些差别就消失了，就像对于一个真诚的教徒来说，不存在这些差别一样。难道我们就不能沿着我们和古老信徒派教徒同行的那条道路继续前进？他们曾强调说，我们画十字、念哈利路亚①、绕着祭坛行进都跟他们不一样。我们则说，你们信奉《尼西亚信经》和七件圣事②，我们也信。那就让我们共同遵守这些，其它则各行其是好了。我们和他

---

① 源于《圣经·旧约》（最早为希伯来文写成），希伯来文礼拜用语，意为：要赞美主。基督教各派均沿用。
② 东正教的七件圣事为：洗礼、涂油礼、圣体、按立、告解、终傅和婚礼。

们联合起来了，是因为我们把信仰中本质的东西置于非本质的东西之上。那么，难道对天主教徒就不能说：你们信仰什么什么，这是主要的，至于如何对待 filioque①和教皇，那就悉听尊便？难道就不能对新派教徒也这么说，以主要方面为基础同他们联合起来？同我交谈的人同意我的想法，但是他对我说，这种让步会导致责难教会权力，指责它偏离了祖先的信仰，还会导致分裂，而教会权力的天职就是维护祖先传下来的希腊—俄罗斯正教的全部纯洁性。

我全明白了。我在寻求信仰和生的力量，而他们寻求的却是在人们面前履行人的某些义务的最佳手段。而在履行人的这些义务时，他们也是按照人的方式去做的。无论他们怎么大谈特谈如何怜悯误入迷途的弟兄，如何在至高无上的上帝神座之前为他们祈祷——可是为了完成人的事情还必须采用暴力，无论在过去、现在和将来始终都采用暴力。如果两种信仰都认为自己是真理，对方是谎言，那么，为了把弟兄

---

① filioque，希腊词，意为"和子"。公元六世纪后西方教会在用希腊文写成的《尼西亚信经》中"圣灵……从父出来"一句中"从父"二字后面增加"和子"。这一修正历来为天主教所支持，东正教所反对。

们吸引到真理方面来，他们就要宣扬各自的教义。如果说谎的教义在掌握真理的教会的一些没有经验的子弟中传播，那么这个教会就不能不烧掉书籍，把诱惑其子弟的人赶走。某教派的一名教徒，热烈鼓吹东正教所说的邪教，在生活最重要的事情上，即在宗教信仰上引诱教会的子弟，那么该如何处置他呢？除了砍掉他的脑袋或是将他囚禁起来之外，难道还能有别的办法？阿列克谢·米哈伊洛维奇①在位时是把人放在火堆上烧死，按当时的标准来说这就是用了极刑。我们这个时代同样也动用极刑，即单人监禁。我注意到这种以宗教信仰的名义所做的事情，感到太可怕了，我几乎与东正教完全决裂。教会第二种对重大问题的态度是它对战争和刑罚的态度。

那个时代俄国发生了战争②。俄罗斯人以基督徒的爱的名义屠杀自己的弟兄。对此事不想是不可能的。杀人是恶行，是与任何宗教的首要原理相抵触的，看不到这一点也是不可能的。然而各个教堂里人们却在为我们军队的胜利而祈祷，宗教的导

---

① 俄国沙皇（1629—1676），曾残酷镇压分裂派及其它小教派和农民起义。
② 指1877—1878年俄国同土耳其的战争。

师们说，这种屠杀是由信仰派生出来的事业。而且还不仅仅是战争中的屠杀，在战后那段混乱时期我看到教会成员、教会的导师、僧侣、苦行修士都赞同屠杀误入迷途的无依无靠的少年人。我注意到了信奉基督教的人们的所作所为，不禁不寒而栗。

十六

　　我不再怀疑，而且完全确信，我所赞同的宗教知识并不完全是真理。以前我会说，全部教义都是谎言，而现在就不能这么说了。全体人民都具有真理的知识，这是确定无疑的，因为要不是这样，他们便不能活下去。况且我已经能够理解这种真理的知识，以它作为我生活的支柱并感觉到它的全部正确性；不过，这种知识中也存在谎言。对此我也不能怀疑。过去令我感到厌恶的一切，现在却生动地呈现在我面前。尽管我看到了，与那些宗教代表人物比起来，在全体人民中较少那种令我厌恶的谎言杂质——可是我仍然看到，在人民的信仰中真理也掺杂有谎言。

那么谎言从何而来，真理又从何而来呢？谎言也好，真理也好，都是由所谓教会传下来的，二者都包括在传说中，包括在所谓《圣传》①和《圣经》中。

我不得不开始研究和考察《圣经》和《圣传》，这种考察在此之前曾令我十分害怕。

我开始研究曾被我视作无用之物而轻蔑地抛弃了的神学。那时我觉得它是一堆无用的废话，那时我觉得我四周全是清楚明了、充满意义的生活现象。即使现在我也乐于抛弃那些健康头脑不会想到的东西，可是毫无办法。我所领会的有关生的意义的唯一知识就是建立在这个教义之上，或者，至少是与它紧密不可分地联系在一起的。不管对于我顽固的老脑筋来说，它显得多么蒙昧怪异，但它是我得救的唯一希望。必须慎重而仔细地研究它，目的是为了理解它，甚至不是像我理解科学原理那样的理解。我知道宗教知识的特点，所以我不寻求，也不可能去寻求这种理解。我不寻求对一切

----

① 《圣传》是仅次于《圣经》的圣书，东正教认为，《圣经》是上帝的话，《圣传》是教会的话。《圣传》包括：教会的一切信条、训诲、大教堂的决议、教会所著有关信仰与道德的书。

作出解释。我知道，对一切的解释应当如一切之始那样隐藏在无限之中。但是我希望能理解到这种程度，使我能走向必然不可解释的东西。我希望，一切不可解释的东西之所以是这样，并非由于我智力提出的要求不正确（这些要求是正确的，没有它们，我什么也不可能理解），而是由于我看到自己的智力有限。我希望达到这样一种理解，它使我感到任何不可理解的原理是理性的必然，而不是有义务相信它。

教义中存在真理，对此我毫不怀疑，然而同样无可怀疑的是，其中存在着谎言，我应当找出真理和谎言并将它们区别开来。现在我就着手做这件事。我在教义中找出了哪些谎言，哪些真理，得出了哪些结论，这一切将构成我这部著作后面的几部分，如果这部著作值得发表并对谁有用的话，大概会在某个时候某个地方刊载出来。

* * *

以上是我三年前写的。

现在，在我重读已经打好字的这一部分并回想我那时的思路和心中经受的感情的时候，我日前竟做了一个梦。对我来说，这个梦以紧凑的形式表现了我所感受的和描述的一切，所以我认为，对于那些已经理解我的人来说，描述这个梦就可以将我上面所作的冗长叙述全部包容无遗，并使之鲜明而清晰。这个梦如下：我发现我躺在床上。我既不觉得舒服，也不觉得难受，我仰天躺着。我开始想，我这样躺着舒服吗，这时，我就觉得两条腿有点不得劲：不知是床短了，还是不平，总之有点不得劲。我稍微动了动腿，同时开始思索我从未想到过的问题：我是怎样躺着的和躺在哪里？于是我察看我的床铺，发现我是躺在绳索编成的吊带上，吊带捆在床的两侧。我的两只脚丫放在一条吊带上，小腿放在另一条吊带上，所以腿觉得不舒服。我不知怎么知道这些吊带是可以移动的。我便用脚把脚下面的吊带推开。我觉得这样会舒服一点。但我把吊带推得太远了，我想用脚去够它，这个动作使我的小腿从另一条吊带上滑脱了，我的两只脚便悬空垂了下来。我挪动全身，想调整好姿势，并充分相信我马上就能躺好。然而这一动作却使我身体下面的一些带子也滑脱了，挪动了位置。我看到，事情已经搞得一团糟：我身体的整个下半部都悬空挂着，而两只脚又够不着地。我只是靠背的上半部支撑着，我已不仅仅觉得不舒服，而是不知为什么感到心惊胆战。到这时我才问自己以前从来没有想到过的问题。我问自己：我在哪儿？我躺在什么上面？我开始环顾四周，而首先是朝下看，朝我身体滑下和我感到马上要掉下去的那个方向看。我朝下一看，简直不能相信自己的眼睛。我并不是在很高的塔楼或山顶那么高的地方，而是在我永远无法想象那么高的高处。

我甚至无法搞清楚——在我悬挂其上并往下滑去的那个无底深渊之中，我是否看到了什么。心脏缩紧了，我感到恐怖。朝那里看太可怕了。如果我再朝那里看，我感到我马上会从最后几条带子上滑下去并立即丧命。我不看了，但是不看却更糟，因为我老是在想，一旦我从最后几条带子上掉下去，马上会有怎样的结局。我感觉到，由于恐怖我失去了最后的支持力，我的背慢慢往下滑。再过一刹那我就要掉下去了。这时我脑子里突然出现了一个想法：这不可能是真的。这是梦。快醒吧。我竭力要醒，但醒不过来。怎么办呢，怎么办呢？我问自己并朝上望去。上面也同样深不可测。我注视着深不可测的天空，努力忘掉下面的无底深渊，果然，我逐渐忘掉了它。下面的无限令我厌恶和恐惧，上面的无限吸引我并使我坚定起来。我依然靠最后几根还没有滑脱的带子悬挂在深渊之上。我知道我吊在半空，但我只朝上看，我的恐惧便逐渐消失。正像在梦中常有的那样，我听见有个声音在说："注意这个，这就是它！"我便仰望天空，将目光越来越远地投向无限之中，我感到心情平静下来，记得过去的一切，回想起了这一切是如何发生的：我怎样挪动两只脚，我怎样半个身子悬空挂着，我怎样感到恐怖，又是怎样由于朝上看而摆脱了恐惧。我问自己：那么现在怎样了，我还是照样悬空挂着吗？与其说我是环顾四周而看见，不如说我是靠整个身体感觉到了那支撑着我的支点。我发现，此刻我已不是吊在半空，也不往下掉了，而是被牢牢地支撑着。我问自己：我是怎么支持住的？我摸摸全身，环顾四周，我看到，在我身体下面正中间有一条带子，在我往上看的时候，我恰好躺在带子上保持着最稳的平衡，而且以前就是靠这一条带子支撑着我。于是，像在梦中常有的那样，我觉得使我支持住的这种机制十分自然、明白、无可置疑，虽然在醒着的时候这种机制毫无意义。在梦中我甚至觉得惊讶，怎么我早先就不明白这一点呢。原来在我床头上立着一根柱子，其坚固是没有任何疑问的，虽然这根细柱子的下端没有托座。此外，柱子上挂着一个绳圈，挂得很巧妙又很简单，如果把身子中央套在绳圈里平躺着并朝上看，毫无问题是不会掉下来的。我对这一切都清楚了，于是我觉得高兴而安心。仿佛有谁在对我说：你可千万要记住啊。这时我就醒了。

（1879—1882）

（译自《列·尼·托尔斯泰文集》(22卷集) 第 16 卷，

莫斯科，苏联文学出版社，1983 年版）